U0054566

思想觀念的帶動者

文化現象的觀察者

本土經驗的整理者

生命故事的關懷者

心靈工坊 PsyGarden
Master

對於人類心理現象的描述與詮釋
有著源遠流長的古典主張，有著速簡華麗的現代議題
構築一座探究心靈活動的殿堂
我們在文字與閱讀中，尋找那奠基的源頭

# 民間故事啟示錄

昔話と現代

## 解讀現代人的心理課題

河合隼雄—著
林詠純—譯

【推薦序二】

# 幽香卻在水窮處——閱讀河合隼雄的文化與理論對話

洪素珍／國立台北教育大學心理與諮商學系副教授、IAAP榮格分析師

作為榮格學派在東方發展的先驅，河合隼雄先生的作品總令人期待。如你我所熟知，榮格心理學中滲入大量東方元素，然而西方理論架構下的東方，總有著異樣的風情，如同一位金髮碧眼西方嫵媚女性身著旗袍，風情足矣，但氣韻卻常有扞格。河合先生的論述可貴在於可補充或者映照源自西方、又嚮往東方的榮格心理學不足之處，他的《民間故事啟示錄：解讀現代人的心理課題》對照了風行全球的《格林童話》與日本民間傳說，討論集體無意識的中文化層面議題，既能深入，又可淺出，極度引人入勝。

河合先生書中所探討的故事，涵括了殺人、殘忍、人鬼混血兒、異類通婚、男性原則與女性原則對比、夢、變身、死而重生等，這些在現實中「駭人聽聞」，但在幻想中卻仍不斷出現的內容，正是集體無意識衝突矛盾的展現。簡言之，這些故事探討的，是人怎麼面對和處理

「異常」的問題？河合先生認為，不同文化脈絡下，有不同的思考準則，但都以「美」為終極審視標準。他根據榮格把處理「惡」的問題分為全然去惡的「完成法」，以及包容成全的「完全法」的概念，區別出西方文化傾向於男性的「完成的美」（perfection），東方則傾向母性的「完全的美」（completeness）的差異，用這個角度去分析出類同情境或者議題的故事，在東方與西方不同思維背後所具備的文化邏輯。以榮格學派的用語表示，就是在進行文化無意識的比較論證。

因此，想獲取本書的精妙，還是得先掌握東西文化的根本，釐清要義，才能夠對河合先生的論述做出回應。

首先得強調的是，千萬不能神話榮格本人，幻想他已貫通東西文化，便不顧一切地套用他的理論。榮格是瑞士人，西方基督教文化脈絡下孕育出來的非典型科學家，出入於各個科學典範之間，雖然反對理性主義，但仍然是個西方文化孕育出來的理性者。也就是說，榮格是個科學家、理性的思想家，反對僵固的科學主義和理性主義，並不反文化，所以他當然是個理智上的西方學者——雖然感性上也許趨向東方，但絕非東方。

榮格心理學最重要的理論是個體化，其要義為：「這是條心靈整合之路，人們要努力去除對立，走向的完滿人格。」單憑理論定義，若不追究脈絡，實在無法想像個體化會終於何處？因此，我們要進一步回溯榮格的思想根源。

就生物科學立場而言，榮格是所謂的生機論者（Vitalism），這是他為強調心靈特殊性的一個理論根據。雖然，生機論後來為尿素被成功人工合成所挫敗，但仍有支持者。

生機論主張生物具特殊的生命質，不能以物理及化學方式來加以解釋。生命在未分化前處於一種心物合一的整然狀態，這種狀態更早於笛卡兒心物二元問題出現的「神創」。因此，這不是一神教所謂的天堂，也不是柏拉圖精神與肉體二分的靈性異鄉。有點像諾斯替的圓滿之地（Pleroma），也如古希臘神話宇宙誕生前的混沌。生機論稱此為「類心靈」（psychoid），是心靈中最神祕原始的所在，位於心物二元的交界之處，從一個狀態進入另一個狀態的「過渡」（liminality）。

類心靈的假設很容易被援引為橋接東方整體論的根據，但事實不盡如此，當中的心還是心，物還是物，只是處在一種過渡的曖昧狀態中。西方所謂的整體論（holism），是一種整體的有機論，心物和諧一體，但終點不是心就是物，也就是唯心論或者唯物論，這幾乎早在柏拉圖時就已定調。而東方文化的整體論，基本上則主張心物同一。

西方認識世界的角度和東方很不同，其宇宙要素往往是先驗預存的，性質對立分明。比如說，古希臘神話中描述宇宙創始前的「世界之卵」混沌裡頭非常擁擠，最先生出的四大巨頭包括代表生命動能的厄洛斯（Eros）、生育萬物的蓋亞（Gaya）、死亡終結的塔爾塔洛斯（Tartarus），以及光明和靈性之暗黑面的尼克斯（Nyx）與厄瑞波斯（Erebus）雙生子。透過厄洛斯情慾點火，萬神代代而降，直到把世界的各種屬性填滿，創世方才圓滿。

因此，宇宙萬相階級成形，越後面降生者力量越低下。比如水系一族是由滂沱斯（Pontus）所出，從大海到潮間、溪流，神性自海神波塞冬（Poseidon）而至水妖寧芙（Nymph），層層遞減，以神格位階來反映宇宙的秩序。這種先驗的宇宙性質是對立並存的，有善必有惡。所謂的文明化，是在揚善以去惡。在這個不斷崩壞的物理世界要積極回應善的渴望，一神教的父親理性的出現幾乎是必然，除惡務盡似乎成為求善的必要條件。榮格的個體化雖然強調以「整合」代替去除，但終究還是承認善惡二元對立，得經過理性自我分辨判別後的整合，方可產生積極力量，回應個體化的召喚。而非更激進地，觀善惡如夢幻泡影，根本就是幻覺一場——如佛教的空性觀、絕對無，那種東方獨有的一體哲思所說的那般。

不管是出自印度哲學的「梵」或者是中國的「道」，其「整體」之說，或者直接就說是「一」（the One），根本內涵是無分別的、不預設的，這個世界本來無一物，哪來的先驗性質可言？這與西方思想中的宇宙是早就預備好的，只待時機到來、眾神降世；或者一神的令下而橫空出世，依照既定計畫步步前進，有著絕對的根本差異。這一點，似乎只要用到科學的理性分辨，就很難真正明瞭。而榮格畢竟堅持自己是個科學家，不可能放棄理性自我，這也似乎也成為榮格心理學的難點，有時是科學，有時又像哲學、宗教，非常難以掌握。

孔子在回答弟子曾參提問時，曾說「吾道一以貫之」的「道」，就是「忠恕」而已。「忠恕」與「仁」通用，在德文裡被哲學家如實地翻譯成Diastole und Systole，也就是「擴張」與「內斂」的意思。熟知榮格心理學理論者一定明白，這是個體化過程中，如何掌握自我，既不膨脹，也不退縮，當如其所是地履行中道的要領。但孔子的東方思維毋需合用兩個對立名詞才能達意，他的道是和宇宙同步的規律，所謂的「一」是和宇宙直接聯繫在一起。至於宇宙的根本性質為何？那是「不可知」的，只能用心去體悟，由知而敬，再進而畏，透過所謂的「禮」，去完成一種宗教感，而非宗教性——如果我們用西方的「宗教」定義來說的話。

於此，還可以再舉一個思想國家政治結構的例子，進一步說明東西方思維的不同。中國西漢學者董仲舒在《春秋繁露》中，還有產生於戰國時期的《黃帝內經》，甚至十六世紀的韓國儒者李退溪，都曾以身體比喻國家的組成。他們都指出，國君是心，官員如五臟六腑或者四肢等，各司其職，實為一體，無法獨立存在。無巧不巧，英國的哲學家者霍布斯（Thomas Hobbs）在其政治學巨著《利維坦》（*Leviathan*）也提過類似的國家身體譬喻，但他認為君王是頭，是國家的主宰，四肢百骸都該依頭腦的決定而運動。很明顯地，我們看到西方理性分析國家的結果是「整體是部分的組合」，需要一個明確的指揮中心。這與東方思維的「部分為整體的片面」，當然有根本上的不同。東方思維重點在於「一心」，是明儒王陽明所謂：「無善無惡心之體，有善有惡意之動，知善知惡是良知，為善去惡是格物。」初心是一種絕對的存在，無有之有，無善無惡；或者是十七世紀末到十八世紀初的日本儒者荻生徂徠說的：「納身於禮」、「以禮制心」，用一種合於宇宙規律的規範——禮，以維持初心，同時觀照宇宙與內心的同步和一致性；分別善惡，反而是末節了。

把東西文化根源和思維做出釐清後，我們就可以更深入掌握河合先生的分析脈絡。比如說，西方的《格林童話》面臨對立面的問題時，經常用去除「惡」以體現「善」的回復，因此，多數故事中的殺害場景沒那麼「恐怖」，因為那是理性的表現。反觀日本故事中的死亡，不管被殺或者自殺，常常是為了回歸整體而被犧牲，為大地之母所吞噬，這樣的故事反倒令人不忍。不過，基於再次強調東西方各自的整體論思想，根本不是同一回事的提醒，在回應故事的倫理道德性上，也應注意無從齊一看待的限制。

本書以榮格學派的理論架構分析不同文化脈絡下的民間傳說故事，既掌握理論核心，也關照文化差異細微之處，著實不易！跟著河合先生行到水窮處，到手幽香，果然不負所望。

【推薦序二】

# 河合隼雄、村上春樹和幾米，都喜歡故事

賴明珠／村上春樹作品中文版譯者

平常我們聽故事，或讀童話，多半只抱著輕鬆和消遣的心情，不太會認真去思考。然而讀了這本書之後，卻發現，其實很多童話和民間故事真的含有很深的寓意。

大家都知道，河合隼雄是一位世界知名的心理學家，權威的心理諮商師，也是當過日本文化廳長的名人。有一年我看NHK跨年節目，在紅白歌唱大賽結束，告別除夕迎接元旦後，第一位出場講話的人，就是河合隼雄。可見日本全國上下都期待這位德高望重長者的開導。

不少人也知道村上春樹在《村上春樹雜文集》中提到自己沒稱呼過別人「先生」（日語的先生等於中文的老師），河合隼雄是他唯一尊稱「先生」，也就是「老師」的長者。可見河合隼雄是村上春樹心服口服，特別尊敬的人。

在《村上春樹去見河合隼雄》書中，村上提到自己住在美國時，有幾次與河合隼雄見面談

話的機會。當時他正在埋頭寫《發條鳥年代記》，整個人置身於故事的迷霧中，而河合隼雄正去到普林斯頓大學講學。在與河合暢談各種小說以外的事情之後，他逐漸感覺到自己不知不覺之間，已經受到河合相當多的鼓勵，並被他專業「實踐者」的姿態說服了。

書中更詳細記錄了村上春樹在神戶大地震和地下鐵事件之後，回到日本，完成兩次訪談河合隼雄的內容，他們談了很多重要的話題。談到美國與日本、古代與現代、談到投入社會、談到暴力、性、婚姻、談到故事與傳說、夢與現實……兩人發現故事是他們靈犀相通的共同興趣。這使兩人互相感覺如獲最高知音。村上坦承河合隼雄真正是最了解他作品的人。

在這本《民間故事啟示錄：解讀現代人的心理課題》中，河合隼雄從西方的格林童話開始，一邊展開日本民間故事的介紹，一邊做東西方故事與文化的比較，提出故事中「殺害」等殘忍情節的意義。從貓與老鼠、貓頭鷹、狗、兔子、大野狼，這些生活中大家所熟悉的小動物的追殺與被殺，弱肉強食的生存方式，到無可避免的命運與殘忍的現實，讓我們重新思考為什麼大人有必要對年幼天真的兒童講這些殘忍而恐怖的故事。是否像打疫苗一樣，希望往後當他們在成長過程，戀愛過程，乃至人生漫長的生老病死各階段，真正遭遇各種險惡的人、事、物萬般情況時，能夠順利度過難關。

從日本「蛇女婿」、「花娘子」、「浦島太郎」、「黃鶯居」、人鬼婚所生的「半子」等異界故事，海底國度等，到西方的「白雪公主」、「糖果屋」、「小紅帽」、繼母與巫婆等，無奇不有。有些類似的故事，又因地方的不同而有不同的傳說，不同的發展和結局，讓人感受到各地獨特的風土民情，不同的價值觀與審美觀。有些故事曾經在《古事記》、《日本書紀》、《風土記》中已有記載，所反映出的生活與文化差異，為我們提供了許多有趣的對照。甚至可供研究歷史、地理、文學和心理學的人，做深入的比較。

本書中最後提到村上春樹的《海邊的卡夫卡》其實可以從多種角度來解讀，許多學者專家曾經寫過各種研究和評論。河合先生在這裡從文學、心理學和他自己獨到的想法來解讀，觀點與眾不同。

《海邊的卡夫卡》描述一個十五歲的少年，從小被母親遺棄，又被父親詛咒般地預言說「有一天你會殺死父親，侵犯母親與姊姊」，使他難以留在家裡，就在十五歲生日那天離家出走。

少年卡夫卡一個人搭乘深夜巴士離開東京前往四國，在車上遇見姊姊般名叫櫻花的女孩。到了舉目無親的高松，他決定去找圖書館。從小喜歡泡在圖書館消磨時間的他，圖書館就像他的第二個家。在郊區的私立圖書館，遇見了看似男人其實是女人的秀氣管理員大島，和可能是母親的女館長佐伯。

除了少年卡夫卡之外，另一個主要角色是失憶的獨居老人中田先生。他少年期遇到戰爭，在一次意外中失去記憶，卻能跟貓說話，後來以代人尋找失蹤的貓維生。有一天他見到殺貓人

Johnnie Walker，當著他的面殘忍地剖開貓肚掏出心臟。並說除非殺了他，否則他將繼續殺貓。中田忍無可忍之下殺了Johnnie Walker。又在卡車司機星野青年陪伴下，去到四國的高松，在同一家圖書館見到佐伯館長。

正值青春的孤獨少年卡夫卡，心中不時會出現一個叫做烏鴉的少年跟他說話，彷彿和另一個自己對話一般。

小說的情節難免讓我們聯想到「伊底帕斯王」的故事。河合先生則告訴我們兩個故事如何不同。

河合先生認為《海邊的卡夫卡》是一部偉大的故事小說，剛好介於故事和小說的邊界。河合先生坦承自己非常喜歡神話故事、民間故事和平安時代的故事。日文的故事稱為「物語」。是敘述「物」的事情。這裡的「物」可以視為「萬物」，包括大自然的一切大小生物、非生物，和各種事物，比人類更有力的周遭大環境，如地震、洪水、海嘯、各種人類難以抗拒的天災、人禍。如洪流般，令人身不由己，無法抗拒。

現代人所寫的小說，則多半描寫人類笨拙的感情和求生的人性。忘了「物」的存在，以為憑自己的意志就能做到很多事。《海邊的卡夫卡》則介於兩者的邊界。從小說的角度看，這部作品將人物描寫得生動有趣，從故事的角度看，也將「事物」的洪流描寫得有聲有色。觸及超現實的意識流，甚至神話性的情節，特別引人入勝。

河合隼雄先生也曾來到台灣，在台灣師範大學演講「沙遊與心理治療」，並特別指名想見幾米。我有幸聽他的演講，並在台北美術館旁的故事館共進午餐，旁聽他們談話。河合先生笑咪咪地耐心傾聽幾米談到自己創作時曲折的心路歷程，讓我也蒙受到河合先生慈祥的心靈洗禮。

# 目錄

## 第二章 「半人」的悲劇——從民間故事來看現代人的課題 057



## 第三章 日本人的美感——以日本民間故事為例 081

## 第七章 貓的深層世界——民間故事中的貓 171



## 第八章 民間故事的殘忍性 181

| 第一章 |

# 格林童話中的「殺害」

# 1 民間故事中的「殺害」

「殺害」是民間故事中常見的主題，民間故事中經常出現試圖殺人，或是真的殺了人的故事。譬如日本人也很熟悉的格林童話「小紅帽」、「白雪公主」、「糖果屋」、「大野狼與七隻小羊」等，也都是把「殺害」當成重要主題的故事。

有些人秉持「教育者」的想法，認為民間故事中的殺害會讓人感到「殘忍」，並認定不該把這樣的故事講給孩子們聽，也有人主張應該把故事改編。這樣的意見實在十分荒謬，如果把格林童話中含有「殺害」主題的故事都拿掉，那格林童話就不再是格林童話了吧？格林童話中，光是描述實際「殺害」行為的故事（不是只有殺害的意圖），隨便一數，就多達約四分之一，占了相當多的數量。為什麼民間故事中會提到這麼多的「殺害」呢？而格林童話中的「殺害」，又具有什麼樣的特色呢？本書接下來，就要概括地來看這些問題。

## 格林童話與日本民間故事

老實說，我之所以會開始探討民間故事中的殺害，是源自於我對日本民間故事的考察。長久以來，我試著透過日本民間故事，探索日本人的心理狀態，並將結果大致整理成冊發表出來[1]，而在發表之後，我仍持續思考這當中還有什麼未竟的問題，於是「殺害」這個重要的主題，就浮現在腦海中。

比較日本的民間故事與世界各國的民間故事時，可以將「異類婚姻」視為重要的關鍵特徵。民俗文學學者小澤俊夫已經將這個觀點發表在其劃時代的研究[2]當中，而我也順著他的脈絡思考。其中非常值得注意的是，在「猴女婿」（《日本民間故事大成》[3]一〇三）等異類女婿的故事中，異類女婿經常遭到殺害。而且這些動物女婿並沒有為非作歹，單單只是因為身為動物，就被人類殺死，而有時殺害的方法，還可說是極為陰險歹毒。然而若對照異類妻子，譬如「鶴娘子[4]」（《大成》一一五），這些妻子就沒有被殺，只是當場離去。因此，殺害異類女婿，可謂日本民間故事極為顯著的特徵。

若比較「猴女婿」與格林童話中的「青蛙王子」（《全譯　格林童話集》一）[5]，就能發現彼此之間的顯著差異。「青蛙王子」雖然也屬於一種異類婚姻，但是當公主將討厭的青蛙丟向牆壁時（這裡也能看到「殺害」的主題），青蛙變身為王子並與公主結婚，從此過著幸福快樂的生活。這個故事，與利用計謀殺死猴女婿的日本民間故事，呈現出鮮明的對比。

關於「殺害」這點，日本還有一則值得注意的民間故事。我想，廣義地解釋「殺害」的話，「自殺」應該也包括在內，而日本民間故事中，就有以下這則令人震驚的故事。這則故事屬於「鬼子小綱」（《大成》二四七A）分類中的某個版本，有些也以「片子」為題。故事是這樣的：鬼[6]把人類的妻子擄走，讓她成為自己的妻子。於是丈夫出發尋找妻子的下落，終於在第十年來到鬼島，他在那裡遇見了鬼與人類妻子生下的孩子，這個孩子自稱為「片子」。後來人類夫妻重逢，並在片子的幫助下回到人界，但所有人都不接納半鬼半人的片子，無處容身的他，最後從大樹上跳下來自殺。這是一則非常令人震驚的故事。為了母親的幸福而拚命奉獻的孩子，卻因為自己身為「半人半鬼」而自責，最後甚至結束自己的性命（關於這點，下一章會再討論）。

我讀到這篇故事時，覺得這篇故事很有日本特色，並與前面提到的異類女婿問題一併做了許多思考。不過，如果將日本民間故事與格林童話進行比較，真的可以斷定格林童話中就「絕對」沒有這樣的情節嗎？當我開始思考這個問題後，逐漸有些不安。因為我雖然仔細讀過格林童話，卻不是記得那麼清楚，而且故事情節出人意表，可以說是民間故事的特徵。於是我把焦點擺在「殺害」，將格林童話重新讀過一遍，並把所有故事中關於「殺害」（包含自殺）的情節製作成表格。

我最原始的動機，是探討日本民間故事，但我看著自己製作的一覽表時，腦中也浮現了一些頗為有趣的想法。接下來就以格林童話中的「殺害」為主題，敘述我腦中浮現的想法，穿插與日本的民間故事的比較。

## 「殺害」的意義

我有一位個案因為夢見殺人而覺得非常驚恐。或許因為他不知道從哪裡聽來「夢境滿足了願望」之類的說法，才會那麼驚恐吧？我問他：「你是不是為了建立現在的生活方式，而在過去**扼殺**了某些事物？」他聽到這個問題就心裡有數了，於是我就從這個切入點去分析他的夢境。換句話說，「殺」這個字象徵的意義非常廣泛，日本人在日常生活中也會使用「扼殺氣息」或「扼殺味道」來形容「屏息」或「破壞味道」，而運動中也有「殺球」這樣的技巧。

翻開辭典《廣辭苑》，「殺」除了「①結束生命」的意思之外，還有「②壓制，使之氣勢減弱；壓制，使之無法活動。③在競爭中，削弱對手的攻擊力。④在棒球中，使對手出局。⑤（俗語）抵押。⑥將對方迷得神魂顛倒」等意思。即使查的是英文字典，也能從英文的「kill」查到幾乎相同的意思。因此從語言的象徵角度來看，夢境或民間故事中的「殺」，不一定是字面上的「結束生命」，必須像字典一樣，從更廣義的角度來解讀。換句話說，民間故事中的「殺」，不是字面上的「殺人」。孩子們在心底深處感受到這點，所以即使聽了民間故事，也不會那麼驚訝或害怕。

在思考殺害的象徵性時，也可以完全反過來思考。也就是說，有些人以為他對某件事物所做的，只是單純的壓抑、削弱其氣勢，但其實他的行為已經算是某種「殺害」了。舉例來說，假設有個國中生告訴父親自己想要加入棒球隊，但是父親卻對他說：「你可以打棒球，但是不能加入棒球隊，因為練習的時間太長了，會影響功課。」父親這麼說的時候，往往以為自己只是壓抑了孩子強烈的渴望，但有時候卻是扼殺了孩子的靈魂。這麼一想，我甚至覺得很多父母不僅殺害自己的孩子，還把孩子當成「食物」了，不是嗎？

那些以「甜言蜜語」迷惑孩子，將孩子當成「自己的所有物」或「食物」的父母，或許就和「糖果屋」裡用糖果餅乾做的房子引誘孩子們，最後把孩子們吃掉的巫婆沒什麼兩樣。如果注意到人類現實社會中的各種「殘忍」，尤其是大人對孩子所做的殘忍行為，就會發現沒有必要只把民間故事中的殘忍挑出來說三道四。

即使只是處於空想的階段，還不到「想要殺掉那個人」的程度，也應該很少有人能夠拍胸脯自己從未設想過「如果那個人不在的話」或者「**要是**那個人死掉的話」之類的情形。而且想像的階段愈深入，「殺害」的意思也會愈加深。無論親子關係再怎麼親密，孩子在成長的過程中，必須對父母懷著強烈的抗拒。而且，這樣的情緒甚至可能強烈到不僅止於抗拒或反抗，或許還會在某段時間全面否定父母。如果沒有經歷過這種強烈的否定，孩子就難以成長為能與父母保持適當距離的獨立大人。這樣的過程說得更明確一點，就是孩子必須經歷象徵層次上的「殺父弒母」。

思考民間故事的意義時，隨著孩子成長所帶來的弒親問題是一個重要的部分，我已經在其他著作[7]中討論過這點。但由於這點在本書中也相當重要，所以在此很簡單地介紹一下。奧地利精神分析學者佛洛伊德注意到父親與兒子之間的內心糾葛，他認為所有的男性在兒時都有殺死父親、與母親結婚的欲望，但這樣的欲望遭到壓抑，以伊底帕斯情結的狀態留在無意識當中。而瑞士分析心理學者榮格則認為，與其將神話或民間故事中常見的弒親主題視為實際的親子關係，倒不如將其視為個人與存在於個人普遍無意識中的原型——「父親形象」與「母親形象」之間的關係。

榮格的學生紐曼（Erich Neumann）更進一步探討西方近代的自我確立過程與弒親的象徵性之間的關聯[8]。紐曼提到，近代西方所確立的自我，屬於世界上的特例，而典型的英雄故事，象徵的就是自我確立的過程。英雄故事可分成英雄的誕生、英雄打敗怪物（龍）、英雄與被怪物抓走的少女結婚等三個階段。他認為英雄的誕生，象徵自我的誕生；打敗怪物則代表自我脫離母親形象與父親形象的束縛，成為一個獨立存在的個體；而後與少女結婚，則象徵獨立的自我再度與世界締結新的關係。

這是極具說服力的想法「之一」，卻不是唯一的正確答案。而且這樣的想法，雖然能夠用來解釋西方故事，對於日本的故事卻不一定適用。不過接下來在探討格林童話時，我覺得應該把這樣的概念放在腦海裡，但並非將紐曼的想法套用到所有的殺害故事中。接下來，希望大家把前面提到的所有關於殺害的內容記在腦中，來進行對格林童話的探討。

## 2 現實的認知

人都難免一死，甚至將死亡視為**苦澀現實**的代稱。而殺人是「惡」，雖然大家都明白，但就如同前面提到的，我們也認知到自己的心底深處存在著這樣的想法，這也是一種現實。殺與被殺的故事，多半在某種意義上與嚴峻的現實相關。

### 貓與老鼠

「貓和老鼠交朋友」（《格林》二）雖然是動物的故事，內容卻相當駭人。故事是這樣的：貓和老鼠住在一起，他們將一壺過冬用的油脂，藏在教堂的祭壇底下。貓謊稱有人拜託自己幫嬰兒取名字而外出，但其實牠是跑出去偷舔油脂。不知情的老鼠問貓，幫寶寶取了什麼名字，貓回答「舔皮」。日後老鼠再問同樣的問題時，貓回答的名字陸續變成「舔一半」、「全舔光」。結果貓真的把油脂全都舔光光了。到了冬天，老鼠與貓一起去查看裝油脂的壺，並發現了貓所幹的好事。老鼠向貓抗議，結果「貓跳起來抓住老鼠，一口吞下肚。怎麼樣呢？世界就是這麼運作的」。故事到此結束。

就算讀者為這個不合情理的故事忿忿不平，這也是沒辦法的事情，因為「世界就是這麼運作的」。自古以來只有貓吃老鼠，沒有老鼠吃貓，沒有任何方法可以改變。民間故事研究者瑪麗-路薏絲．馮．法蘭茲（Marie-Louise von Franz），稱民間故事中這種難以撼動、只能點頭稱是的事實為「just-so-ness」，這樣的形容相當貼切。

在日本，這種類型的民間故事，比在西方更多，這樣的故事出現在格林童話中，比較像是例外。事實上，《日本民間故事大成》中也收錄了幾乎一模一樣的故事，標題是「貓與老鼠」（《大成》六）。由於這兩個故事實在太像了，不免會讓人有其實是同一個故事的聯想。如果考慮到故事的特性，會覺得日本才是故事的發源地，但這個故事只有在岩手縣紫波郡可以收集到，其他地方都不存在類似的版本，因此也很難斷言原為日本所有。總之這是個有待今後研究的課題。

除此之外，格林童話的結語，「怎麼樣呢？世界就是這麼運作的」，帶有教訓的意思；但日本的結語則是「從此之後，貓與老鼠就變成現在這種關係」，反倒成了描述雙方關係的起源，這點也值得注意。雖然光憑這點，無法斷定何者較為古老，但看了格林童話，不禁讓人覺得，或許因為西方很少這樣的故事，所以有必要加上一句什麼來做為補充。不過我們也無法確定，最後一句話是否為格林兄弟所加。

## 全部殺光

民間故事中也有把人一個個「全部殺光」的故事。譬如「小農夫」（《格林童話》六七）的故事就相當駭人，這裡簡單介紹一下大概的情節。在一座有錢農民居住的村子裡，只有一名貧窮的農民，大家都叫他「小農夫」。小農夫窮到連買一頭牛的錢都沒有，只好拜託木匠幫他刻一頭木牛。養牛人誤以為木牛是真的牛，小農夫就巧妙地利用這點騙來一頭真正的牛。後來小農夫把牛殺了，準備前往鎮上販賣牛皮。途中下起了大雨，他向有水車的磨坊借住一晚。磨坊女主人原本打算趁著老公不在家的時候，招待破戒修士來家裡飽餐一頓，這時老公卻突然回來，她只好在家中到處找地方把食物和修士藏起來。目睹一切的小農夫偽裝成占卜師，揭發了女主人的惡行，並騙到三百枚金幣。

小農夫回到村子裡之後，向眾人吹噓自己的牛皮賣了三百枚金幣，村民於是紛紛把牛殺了，把牛皮帶到鎮上去賣，結果卻只能賣到三枚金幣。大家氣得把小農夫裝進木桶沉入河裡。這時小農夫又用計使牧羊人成為自己的替身，自己則一臉若無其事地趕羊回到村子裡。村民大吃一驚，問他這是怎麼一回事。小農夫說，他沉入河底之後，發現河底有座草原，草原上有好多好多羊，他只趕了一群回來，還有很多羊留在那裡。村民便在村長帶頭之下，爭先恐後地跳入河裡，結果整座村子的人都死絕了。小農夫一個人繼承了全村的財產，成為大富翁。

格林童話最初的版本中收錄了同樣的故事，標題是「一夕致富的裁縫師」，第二版才改成「小農夫」[9]。裁縫師的故事雖然較為簡單，但情節與「小農夫」如出一轍，尤其是全村的人都溺死的部分，完全相同。無論如何，大家或許都會疑惑，「為什麼這種完全不可能發生的故事，是對現實的認知呢？」接著就讓我們來探討這點。

這個故事的主角，是不折不扣的搗蛋鬼（trickster）。這裡雖然省略關於搗蛋鬼的說明，但總而言之，他們會說謊、惡作劇、採取一些相當危險的行動，而且神出鬼沒、變幻自如。雖然低級的搗蛋鬼只會搗蛋，但高級搗蛋鬼的行為卻近乎英雄。譬如「勇敢的小裁縫」（《格林》二十二）的主角，就可說是接近英雄的搗蛋鬼（裁縫師似乎是個容易被選做搗蛋鬼的職業）。

話說回來，如果拿格林童話與日本的民間故事進行比較，就能發現日本故事中的搗蛋鬼遠比格林童話多。就連日本神話中的英雄，也多少保留了一點搗蛋鬼的特質。至於非洲或美洲印地安的故事，就更可說是搗蛋鬼的寶庫了吧！這代表什麼意義呢？這或許是因為搗蛋鬼的行徑帶給人的聯想，正好反映了「自然」本身的運作。「自然」，不就是神出鬼沒、變幻自如嗎？這樣的自然，也帶給人類意想不到的幸福或是不幸。自然的運作，就像是一場「惡作劇」。如果把自然比擬成人，這個人的形象就是個搗蛋鬼。

全村的人受到欲望的驅使而丟掉性命的故事，如果是與自然有關，似乎就有可能發生。

這麼一想，我們就不會再斷言「小農夫」的結尾是完完全全不可能發生的事情了。考慮到搗蛋鬼與自然的關聯，就能理解為什麼格林童話中的搗蛋鬼比日本的民間故事少。《日本民間故事大成》中，「狡猾者譚」的分類底下，就收錄了許多搗蛋鬼的故事。其中「大椋助與小椋助」（《大成》六一六）就與「小農夫」非常類似[10]。只不過，目前尚無法確認「大椋助與小椋助」的故事是否發源於日本，但這點暫不討論。

格林童話中的「魔包、魔帽和魔喇叭」（《格林》五十九）以及「狗與麻雀」（同六十四）的主角（不過，後者是麻雀）也是搗蛋鬼，雖然不像「小農夫」那麼誇張，講述的依然是駭人的殺人。前面已經提過，搗蛋鬼故事中的「全部殺光」也可解釋成是在描寫自然，但搗蛋鬼特有的滑稽與非日常性的介入，能夠有效地沖淡伴隨殺人而來的恐懼與罪惡感。古代人一再體會到對自然的恐懼，因此這樣的故事或許反而能夠減緩其恐懼感。

「忠實的約翰尼斯」（《格林》六）雖然也是搗蛋鬼的故事，但其形象更接近拯救者。我在其他地方[11]已經詳細討論過這個故事，故在此略過不提。不過約翰尼斯的故事中，雖然也發生死亡，但這個死亡帶出了死與重生的主題。把「忠實的約翰尼斯」與其他搗蛋鬼故事中的「殺害」進行比較，相當有趣，關於這點，之後在死與重生的部分會再提到。

## 情緒

搗蛋鬼的故事中，雖然出現把人陸續殺光之類的情節，卻像前面提到的，這樣的情節，出乎意料地不會激起恐懼或殘忍之類的情緒。話說回來，民間故事很少提及登場人物的感情，瑞士民間故事研究者馬克思·路季（Max Lüthi）等人甚至還將這點視為民間故事的特徵之一。不過有些故事雖然沒有描述任何情緒，卻會迫使聽故事的人經歷強烈的情緒體驗。

「特露德夫人」（《格林》四十八）就是這樣的故事。筆者在其他地方已經詳細討論過這個故事了，因此在這裡只簡單描述一下。這個駭人的故事是這樣的：有個「任性、有點驕傲」的小女孩，不顧父母的禁止，去見了「特露德夫人」。小女孩發現特露德夫人是巫婆，開始覺得害怕，但已經太遲了。巫婆將小女孩變成一根木棒丟進火爐裡來讓自己取暖，「怎麼樣呢？這樣的火光是不是很可怕呢？」故事就在這句話中結束。

故事結尾帶來的衝擊，更甚於「貓和老鼠交朋友」。雖然小女孩不聽父母勸告，應該得到點教訓，但只為了讓巫婆取暖，就在一瞬間化為灰燼，也不禁讓人覺得實在太殘忍了。然而「現實」中發生的事件，可能比這個故事更加殘忍，但是我們已經習慣這樣的事件，所以新聞報導多半看過即淡忘，閱讀時不會帶有任何情緒。但當這種殘忍的事情化為「故事」，卻會帶給我們不寒而慄的體驗，撼動我們的內心。這個故事讓我們深刻感受到「現實」帶來的恐懼。

「貓頭鷹」（《格林》一九四）是貓頭鷹被殺的故事。有一隻來自森林的大貓頭鷹誤闖城鎮，在半夜飛進倉庫裡。僕人在早上去倉庫時，誤以為貓頭鷹是怪物而逃了出來，引起很大的騷動。鎮上的人逐漸聚集過來，他們打算趕走貓頭鷹，卻因為太過恐懼而失敗。即使派出全副武裝的勇士持槍與貓頭鷹對峙，最後勇士依然因恐懼而落荒而逃。結果鎮長乾脆提議，用鎮上的公款向倉庫主人買下倉庫裡的所有東西，將整座倉庫連怪物一起燒掉。於是「大家都贊成鎮長的提議，便在倉庫的四個角落放火，將整座倉庫燒個精光，可憐的貓頭鷹也一起被殘忍地燒死了」。

我們可以把這則故事看成一齣喜劇，詳細描述了僅僅一隻貓頭鷹就把所有人嚇得半死，沒有人敢將其驅逐，甚至連「勇士」都逃跑的滑稽故事，但喜劇與悲劇只有一線之隔，站在貓頭鷹的角度看，就是一大悲劇了。無辜的貓頭鷹因為人類的誤會而丟掉性命，而且還是被以連整座倉庫一起燒掉的殘忍方法殺死。燒掉整座倉庫，表示裡面的所有東西也被燒個精光，因此不得不說人類也付出了很大的代價。

這則故事「應該發生在幾百年前吧，當時的人類不像現在這麼聰明，也沒有這麼世故」。但我們也不能打包票現代就不會發生這種愚蠢的事情。也許很多現代人讀到這則故事時，都會聯想到納粹對猶太人的屠殺。納粹斷定無辜的猶太人是「怪物」，就用比連倉庫一起燒掉更殘忍的方法殺害他們，而且這樣的事情才發生不久。不只是納粹，只要有任何一個人說「貓頭鷹」是「怪物」，人類不就會因為恐懼感的散布，而開始覺得為了殺死「貓頭鷹」，付出相當的代價也是不得已的事情嗎？

我們在面對人類執行的「現實之舉」時，往往會選擇閉上眼睛，或是壓抑隨之而來的情緒，試圖透過理性的討論將情緒分離。但這樣的故事透過栩栩如生的描述，喚起人類的情感，讓我們了解到現實的可怕。

我還想補充一點。這類故事在格林童話中較為少見。除了「特露德夫人」與「貓頭鷹」之外，在格林童話中也找不到其他類似的故事了。這點或許也可展現故事的寶貴性。

# 3 殺人者與被殺者

如同「貓頭鷹」的例子所顯示，民間故事中被殺害的，不一定是惡者。無論是殺人者的身分，還是被殺者的身分，都相當多樣，無法簡單分類或是賦予意義。不過一般而言，民間故事中被殺的，似乎多半是被冠上反派身分的角色，而且我覺得，這個傾向在格林童話中比日本的民間故事明顯。那麼反派有什麼樣的特質呢？接下來的討論就聚焦在這個問題上，同時也針對殺人者與被殺者之間的關係與狀態進行探討。

## 主動性與被動性

即便是民間故事中的「殺害」，也必須具備合適的理由與動機。而且發展成殺害事件的過程也五花八門，呈現各種不同的模式。在此我們就試著探討殺人者是積極主動地殺人，還是在逼不得已之下被迫殺人。

在男性主角消滅巨人等「惡者」的故事中，殺害的執行相當主動。這是非常容易理解的模式，而且例子也很多。「地下的矮人」（《格林》一〇四）就是其中一例，讓我們來看看這個故事。主角「傻子漢斯」殺死惡龍，救出被惡龍抓走的公主，最後與公主結婚，過著幸福快樂的生活。故事的發展是典型的英雄救美，只不過主角漢斯的個性相當耐人尋味，接下來就為大家介紹展現其個性的情節。漢斯是獵人，他與另外兩名獵人一起旅行。他們三人某天抵達一座宮殿。他們決定一人留守，兩人外出。這時候宮殿裡來了一名小矮人，向留守的人要求分一塊麵包。留守的人將麵包分給小矮人時，小矮人卻讓麵包掉在地上，並要求留守的人幫他撿起來。漢斯以外的兩人都照著小矮人的話做，但就在他們蹲下身撿麵包時，小矮人卻拿手杖打他們的頭。這兩個人好心沒好報，但漢斯的反應卻和他們不同。漢斯雖然也給小矮人麵包，但是當小矮人讓麵包掉到地上，要求漢斯撿起來時，漢斯卻破口大罵：「你連自己的東西都不會自己撿嗎？」，甚至還把小矮人痛打一頓。小矮人於是向漢斯道歉，並告訴漢斯公主的所在，還建議漢斯帶斧頭去把惡龍的頭砍下來。

主角漢斯顯然是一名主動殺死惡龍的積極男性，即使在面對小矮人時，他也會要求對方至少要撿起自己的麵包。他雖然心地善良，卻十足發揮了男性風格，這點相當耐人尋味。給對方麵包無所謂，但是聽從對方的話撿起麵包，就做得太過了。

年輕女孩多半屬於被殺的一方，這也是格林童話的特徵。白雪公主就是其典型，而企圖殺害女孩的人，通常是巫婆或繼母，而且她們會採取非常積極的殺害行動。女孩在面對這種情況時，完全被動，只能想辦法逃跑或忍耐。在多數的故事中，這時都會出現適當的拯救者，最後將巫婆殺了。但在「糖果屋」（《格林》十七）的故事裡，殺死巫婆的，卻是少女葛麗特自己。原本被動、消極的少女葛麗特，隨著故事的發展逐漸堅強起來，最後變得相當積極。她的變化過程，令人印象深刻。

格林童話中，也有年輕女孩主動參與殺害行動（儘管沒有親自下手）的故事。這類故事的結構通常是，年輕女孩要求來求婚的人必須完成某項困難的任務，求婚者若是失敗，就會被處以死刑。譬如「海兔」（《格林》二一三）就是這樣的故事。「心高氣傲、最討厭屈於人下、希望真正獨攬大權」的公主，砍掉了一個又一個求婚者的腦袋，「城外掛著死人腦袋的柱子，已經有九十七根了」。「海兔」中的公主就是這類女主角的典型。不只格林童話，西方民間故事中也經常出現這類女性的故事。雖然最後都出現能夠完成任務的男性，兩人於是結婚，從此過著幸福快樂的日子，但少女在這類故事中所展現的積極殺害的態度，值得矚目。筆者認為，這類故事所表現的，正是少女無法順利接受男性這個要素，處在強烈拒絕這個階段時的狀態。

在日本的民間故事中，「解決難題，成為女婿的故事」（《大成》一二七）就與前述故事極為類似。這個故事也有許多版本，但主角和「海兔」的主角一樣，都借助動物的力量解決難題。就我的感覺而言，日本描述的終究是「招女婿」的故事，提出難題的不是年輕女孩自己，而是年輕女孩的「家庭」。而且求婚者即使失敗，「死刑」的存在也很模糊，這點也展現出西方與日本的差異。

## 被殺的人是誰？

提到格林童話中被殺的人，最先想到的，應該是繼母或巫婆吧？但「兄妹」（《格林》十三）、大家熟悉的「白雪公主」（同五十八）、「戀人羅蘭」（同六十二）等故事都把繼母寫成巫婆，因此或許可將兩者視為意義相同的角色。還有一個特別值得注意的事實，那就是「糖果屋」與「白雪公主」中的繼母原本都是親生母親，格林兄弟在一八四〇年的限定版中才將其改為繼母。格林兄弟似乎認為，親生母親因為忌妒而企圖殺死自己的女兒，或因為飢餓而試圖拋棄自己的孩子，實在太過於泯滅人性，所以做了這樣的修改。從常識的角度來看，格林兄弟會做這樣的修改也無可厚非，但如果考量到人類的深層心理，他們的顧慮就顯得有點多餘。因為所有母親（或者所有人類）的內在，都具有這種想要殺死孩子的傾向。而且如果讓繼母背負如此惡劣的形象，那些不得不成為繼母的人，該情何以堪。

榮格派分析師很早就指出，母性同時具有正面與負面兩種面向，前者透過「生產、養育」來表現，後者則透過「吞噬、殺害」來表現。一般提到母親時，幾乎可以說絕對會與正面形象連結，至於另一個面向，就與民間故事中的繼母或巫婆的形象連結。但親生母親其實也擁有負的面向。舉例來說，想必也有不少母親「用甜點誘惑」自己的孩子、把孩子當成「食物」吧？但仔細想想，母親與女兒之間的互相殘殺，似乎也不是只有負面的意義。

接下來就為大家介紹這類故事的典型——「戀人羅蘭」。故事是這樣的，巫婆有兩個女兒，親生女兒相貌醜陋，繼女卻是個容貌端麗的孩子。繼女有一條美麗的圍裙，親生女兒想要這條圍裙，母親就打算趁繼女睡著時殺了她，將圍裙據為己有。繼女偷聽到巫婆的計畫，就和親生女兒交換睡覺的位置，結果不知情的巫婆殺死了自己的親生女兒。後來繼女去找她的戀人羅蘭，打算兩人一起逃跑，但繼母巫婆卻追了上來。詳細經過在此省略，總之這對年輕情侶最後殺了巫婆。故事還有後續，但在此略過不提。我們就目前的故事進行探討。

在這個故事中，成為「替身」的女兒被殺，接著女兒的母親（巫婆）也被殺，這代表什麼意義呢？巫婆不擇手段幫女兒取得她想要的東西，代表母女關係極為親密。如此一來，這個故事想要表達的，或許是當年輕女孩得到戀人，並且考慮結婚時，不得不體驗親密母女關係的終結（死亡）。對少女來說，結婚就是經歷一場死亡——少女必須死去，才能以妻子的身分重生。而母親是與少女成對的存在，或許也因此必須經歷死亡。

「狼」也是一種呈現母親負面特質的事物。「大野狼與七隻小羊」（《格林》五）與「小紅帽」（同二十九）中登場的狼，就被視為展現母親負面特質中的「吞噬」的角色。但也有學者，尤其是佛洛伊德派的精神分析師，將狼解釋為男性形象，關於這點已經在別處討論過，這裡就不再贅述[12]。

格林童話中被殺害的人，絕大多數都是呈現母親負面形象的角色，其次則是巨人、魔法師等恐怖的男性形象。後者多半都會出現消滅這類可怕角色的男性英雄，而且幾乎在所有的故事中，英雄最後都會與出色的女性結婚。譬如在「勇敢的小裁縫」（《格林》二十二）中，主角雖然具備了搗蛋鬼特質，但他依然擊敗巨人，最後與公主結婚。在「無所畏懼的王子」（《格林》一三六）中，主角王子也在殺了大妖怪後與公主結為連理。這些故事都強調主角男性的強悍，也被認為與「弒父」的主題有關。對男性而言，父親是遠比自己強大、恐怖的人物，只有超越父親，才能確立自我。

雖然也有一些被殺者，很難與父親或母親的形象連結，但是與母親、父親的負面特質有關的被殺者，可說在格林童話中占了大半也不為過。我認為，這點如實展現出象徵性的殺父弒母在西方自我確立過程中的重要性。

「白玫瑰與紅玫瑰」（《格林》一八一），就是難以透過與父母親形象的連結來解釋的例子。在這個故事中，白玫瑰與紅玫瑰這兩名少女，好心招待了冬天造訪家裡的熊。春天來臨，熊也回去了。後來兩名少女又幫助了遇到困難的小矮人，結果好心沒好報，反而遭小矮人責罵。熊在最後出現，一掌拍死了小矮人，並在這時變身為王子。兩名少女分別與王子及王子的弟弟結婚，從此過著幸福快樂的日子。

在這個故事中，熊與小矮人同樣得到兩名少女的好心對待，前者欣然接受，日後也知恩圖報；但後者卻是愈被好心對待愈得寸進尺，最後被殺也是理所當然。這或許代表有些無意識的內容（分別以熊或小矮人展現）應該得到關注，有些則不應該去注意。無論如何，我們在現實生活中也都有過好心沒好報的經驗。由此可知，「殺害」在各種不同的情況下，有不同的意義。

## 男性與女性

除了親子關係之外，男性與女性之間也會產生「殺害」的主題。前面已經提過，女性賦予求婚者任務，並將挑戰失敗的求婚者殺死是常見的故事。那麼反過來看，有沒有男性殺死女性的故事呢？有的，那就是所謂「藍鬍子」型的故事。這類故事有「強盜未婚夫」（《格林》四十五）與「純白的天鵝[13]」（同五十一）等，在此為大家介紹後者。

「純白的天鵝」的故事如下。魔法師拐走了三姊妹中的大姊，將她帶回自己家裡，並給這個女孩任何她想要的東西。兩、三天後，魔法師準備出門旅行，他在出門前告誡女孩，家裡每個房間都能參觀，但只有一個房間千萬不能打開來看。女孩打破禁忌，偷看了這個房間，結果她看見房間裡充滿了女性的屍體。魔法師立刻就發現女孩破壞約定，便將她殺了。三姊妹中的二姊也重蹈大姊的覆轍。只有小妹雖然觸犯禁忌，但她巧妙地瞞過魔法師，成為魔法師的新娘。小妹帶著許多金銀財寶回家，並在魔法師為了婚禮來到家中時，設下陷阱將他燒死。

這類故事的特徵在於，男性殺死了許多女性，最後反過來被聰慧的女主角用計殺害，以及故事最後並沒有因為結婚而發展成快樂的結局。「強盜未婚夫」與原本收錄在初版格林童話，跟後來被刪去的「藍鬍子」都是相同的模式。

在「藍鬍子」與「純白的天鵝」的故事中，男性對女性設下「不能看的禁忌」，這類故事與日本的「黃鶯之居」（《大成》中的名稱是「黃鶯宮殿」一九六A）完全相反，這點相當耐人尋味。在「黃鶯之居」中，反而是女性對男性設下「不能看的禁忌」，而且男性即使觸犯禁忌，也不會遭受什麼嚴重的懲罰。但在格林童話中，觸犯禁忌的女性卻明確得承受「死刑」這項最重的刑罰。破壞禁忌者受到的懲罰完全不同，這點，清楚展現出日本與西方的差異，但我在其他著作中已經詳細討論過了[14]，所以在此省略。

我認為，這類故事中登場的魔法師與強盜未婚夫等，象徵著存在於女性心底深處的男性傾向中的負面特質。榮格稱存在於女性心底深處的男性原型為阿尼姆斯（animus），而這些角色可說是阿尼姆斯的負面典型。阿尼姆斯誘惑女性，對她設下「不能做某件事」的禁令，卻又暗地裡期望她不遵守。這就是阿尼姆斯的挑逗，不小心上鉤的女性將因此失去性命。阿尼姆斯對女性而言相當重要。而這些故事似乎是在告誡女性，不能糊里糊塗落入阿尼姆斯的圈套，必須強硬拒絕其負面特質。

## 自殺

「自殺」換句話說，就是自己「殺害」自己，因此應該也可算是一種「殺害」的主題。如同前面提到的，日本民間故事中「片子」自殺的故事，就是我當初之所以會開始探討這類主題的起點。然而翻遍所有格林童話，都找不到像「片子」這種描述主角或是重要人物「自殺」的故事。從這點或許可以看出「片子」故事的特異性。

各位或許會以為民間故事中很少提到「自殺」，但如果查看美國民俗學者史蒂斯・湯普遜（Stith Thompson）的故事類型索引中「自殺」的項目，卻令人出乎意料地舉出許多例子。看了這些例子或許會覺得「原來如此，也有這樣的民間故事啊」，同時也會發現格林童話中似乎很少「自殺」的故事。不過關於這點，沒有正確的統計數字，所以也不能驟下結論。

總之，在此就為大家介紹格林童話中出現的「自殺」故事！格林童話中或多或少提到自殺的故事，共有三個，其中「孩子的殺豬遊戲」（《格林》二十五）雖然收錄在一八一二年的版本中（編號二十二），後來卻遭到剔除，改為收錄「謎語」。或許是因為這個故事太過悽慘，而且結構也不像是民間故事吧？格林兄弟在這個標題底下收錄了兩個類似的故事，提到自殺的是第二個版本。故事很短，大意如下。一對小兄弟目睹了父親殺豬的過程，於是玩起了「殺豬遊戲」，哥哥拿小刀刺向弟弟的咽喉。母親原本在二樓將寶寶泡在水裡幫他洗澡，聽到孩子的尖叫聲後，驚訝地下樓查看，結果看見哥哥殺了弟弟。怒火中燒的母親拿起小刀將哥哥刺死，回到二樓之後，發現寶寶也在水裡溺斃。母親為此自暴自棄，儘管僕人不斷地安慰她，最後還是上吊自殺了。父親回家之後看到這樣的情景，非常難過，不久之後也死了。

讀者或許會因為格林童話中竟然有如此悲慘的故事而感到驚訝。所謂的民間故事，就是民眾之間的傳聞，因此民眾口中應該也講述了不少類似這樣的故事吧？格林兄弟刪除這個故事，或許也顯示這樣的故事被排除在我們心中想像的「民間故事」之外，當然這終究只是推論。我想表達的是，現在的新聞報導只要稍微改編一下，就能成為這種故事，即使不刻意強調「很久很久以前……」，也能編出類似的內容，因此可以推測這類故事較缺乏做為民間故事的價值。當然，關於這點，有必要透過更加實證性的研究來證明。

而且還有一點必須思考——日本的民間故事中沒有這樣的內容。雖然乍看之下，會以為日本應該也會有這種類型的故事，但我卻遲遲沒有發現。我也想過這或許是因為自己孤陋寡聞，因此如果有人知道類似的故事，歡迎賜教。這個故事以孩子的遊戲為開端，最後導致全家死亡，就某種意義而言，也可說是一切歸於「無」的故事。我之前也探討過「無」在日本民間故事中的重要性，但從這點來看，還是不得不說這個故事與日本民間故事完全不同。在此，我避開詳細的論述，簡單介紹一下兩者之間的差異。舉例來說，日本民間故事「黃鶯之居」的「無」，可以說由「無」而生，並透過整個故事來描述「無」的結構。相較之下，格林童話的這個故事，則是最初存在的家庭，在故事的結尾全部死亡，因此是透過從有到無的模式呈現「無」。日本民間故事中描述的「無」，不是與「有」相對的概念。如果從「無」的角度深入思考，我想在比較日本民間故事與西方民間故事時，這個故事相當耐人尋味，但要深入探討這個故事，必須再仔細地收集更多資料，上述內容就姑且當成試論。

下一個要介紹的引發自殺的故事，則是「墳墓中的窮孩子」（《格林》二〇七）。故事是這樣的，有個孤兒寄居在富翁家裡，但貪婪無情的富翁卻虐待這個孩子。故事中描述了許多虐待的情節，在此省略。「窮孩子」難過地想，與其被主人殺掉，還不如自己尋死。於是他偷了女主人總是藏在床底下的毒藥壺，把毒藥喝了。但女主人撒了謊，藏在床底下的其實是蜂蜜，窮孩子只不過是把蜂蜜舔光而已。總而言之，沒死成的窮孩子，接下來又把主人藏在細頸瓶裡，殺蒼蠅用的「毒藥」喝光，但所謂的毒藥，卻是匈牙利產的葡萄酒。窮孩子覺得這次的毒藥雖然好喝，但走路卻開始搖搖晃晃，看來自己應該快死了，便前往墓園尋找自己的墓地。他在剛挖好的墓穴中躺下，葡萄酒帶來的熱氣與夜晚的寒露奪走了他的性命。主人得知窮孩子的死訊之後，因為害怕自己被帶上法庭而昏倒。女主人原本在鍋子裡裝滿油，站在爐火旁，卻因為看見丈夫昏倒而嚇了一跳，跑過來查看，結果火延燒到油鍋，最後將整棟房子燒個精光。夫妻兩人也從此變成窮人。

這也是個悲慘的故事。關於少年以為自己喝的是毒藥，結果喝的卻是蜂蜜與葡萄酒的部分，各位或許會覺得在日本也有類似的笑話，但最後可憐的少年卻真的死了。雖然故事的發展有點類似因果報應，虐待他的夫妻因為災難而變得貧窮，卻沒有緩和多少讀者可憐這位少年的情緒。如果把這個故事與孤兒大顯身手，最後甚至與公主結婚的其他民間故事相比，應該更能凸顯其特徵。

「墳墓中的窮孩子」也算是一種just-so-ness的故事，但故事中也包含了其他要素，因此衝擊沒有那麼強烈。雖然日本似乎也沒有這種類型的民間故事，但就和前面介紹的「孩子的殺豬遊戲」一樣，今後或許也需要詳細地比較研究。

最後一個提到自殺的故事則是「熊皮人」（《格林》一一四）。這也是一個擁有多樣主題，難以單純解釋的故事，不過在此還是極為簡略地介紹其大意。一名士兵因為遭到解雇而煩惱，這時惡魔出現了，他看見士兵擁有打死熊的勇氣，便給了士兵一件能夠源源不絕湧出金錢的上衣，但士兵必須答應他七年不洗澡、不梳頭、不剪指甲，並且披著熊皮製成的外套生活。士兵用上衣裡的錢幫助遇到困難的老人。老人為了感謝士兵，答應把三個女兒中的一個嫁給他。大女兒與二女兒都厭惡這名「熊皮人」，不願意與他結婚，只有小女兒因為這人幫父親解決了難題，願意與他訂下婚約。男人開心地將戒指折成兩半，一半交給女孩，請她再等自己一段時間。男人與惡魔約定的七年過去了，他把自己打理得儀表堂堂去拜訪女孩。大女兒與二女兒都很想嫁給他，但男人卻說自己要與持有半邊戒指的小女兒結婚。兩個姊姊像是發了瘋一樣憤怒地跑到外頭，一人投井自盡，另一人吊死在樹上。到了晚上，惡魔出現了，對男人說：

「我用你一個人的靈魂，換到了兩個靈魂呢。」

這個故事也像介紹「戀人羅蘭」時討論過的，可以用少女的結婚將伴隨死亡的主題來思考，但這個故事中，兩個姊姊的自殺，以及惡魔所說的，用男主角的靈魂換取另外兩個靈魂的部分，解釋起來卻沒有那麼容易。總之，在此就只將「熊皮人」當成格林童話中少數的自殺故事來介紹。

# 4 對變化的冀求

正如先前所說的，格林童話中描述了許多的殺害。在這些殺害的故事中，死後重生的故事，或許最能展現格林童話的特性。一般認為，死後重生，象徵著人格的急遽轉變。人類在生命週期的某些轉捩點，必定會遭逢急遽的變化，這時所經歷的一切，就可說是象徵性的死與重生。文化人類學者指出，許多成年禮的儀式都很重視死與重生的主題。而被殺者重生的主題之所以經常出現在民間故事當中，反映的就是這個部分。我們接下來就要探討這個類型的故事。

## 死與重生

「白雪公主」就是典型的死與重生的故事。公主被成為繼母的巫婆殺死，小矮人於是將她放進水晶棺材裡。但是有個王子愛上了死去的公主，正當他打算把棺材運走的時候，不小心將棺材撞了一下，使白雪公主吐出毒蘋果而復活，並與王子結婚。這個故事顯示，少女在結婚之前，必須經歷某種死亡的時期——而且在這段時期，她會躺在水晶棺材裡，身旁有小矮人守護。少女只有經歷這樣的死亡，才能轉變為出色的新娘。「玫瑰公主」（法國文學家夏爾．佩羅〔Charles Perrault〕改編的《鵝媽媽的故事》中，以「森林裡的睡美人」為題）也透過沉睡百年的形式，表達完全相同的概念。女孩在長成少女之後，到成為盛開綻放的新娘之前，必須經歷「被守護的死亡」，但這類古老的智慧或許在今天已經不太適用。現代的少女能夠打破水晶棺材的保護，以更積極的行動，靠著自己的力量努力找出王子。但必須小心避免好奇心過於旺盛，否則將成為特露德夫人的犧牲品。

女性生子時的死與重生的故事，數量僅次於少女成為新娘的死與重生。譬如「兄妹」（《格林》十三）與「森林裡的三個小矮人」（同十五）等等。詳細的故事在此省略，總之，兩個故事中的女主角，都在遭到繼母或巫婆的迫害後，幸運地與國王結婚。但繼母（巫婆）在女主角生下孩子後出現，將她殺死，並讓自己的女兒假扮成王妃躺到床上。但被殺的王妃卻在晚上出現，餵孩子喝奶。後來國王知道了這件事情，最後王妃重生，繼母及其女兒則被處死。這兩個故事描述的都是妻子轉變成母親時所伴隨而來的死與重生的體驗。但在「兄妹」的故事中，有一段被變成鹿的哥哥恢復人形的情節，而「森林裡的三個小矮人」中，被殺的王妃則以鴨子的樣貌出現在孩子面前，直到國王聽從鴨子的請求，拿刀在她頭上揮舞三下，鴨子才恢復成王妃的樣貌。這些動物轉變為人類的情節，或許反映出女性在生下孩子成為母親的過程中，生理層面發生了相當深刻的變化。

一般而言，死與重生將產生正面的變化，但格林童話中卻有一個例子顯示負面的變化有時也會發生，這點值得注意。這個例子是「三張蛇葉」（《格林》十八）。「三張蛇葉」的故事相當耐人尋味，在這裡簡單介紹一下。某位勇敢的青年立下戰功，與公主結婚。但公主卻主張，真正相愛的兩人無法獨活，如果其中一人死去，另一個人活著也沒有意義，因此只要一方先離開人世，另一方也必須跟著赴死。青年答應了公主的要求。不久之後，年輕的王妃病死了，成為年輕國王的青年遵守約定，與王妃一起進入墓地。但他在墓地裡發現了蛇用來重生的葉子，並使用這些葉子讓王妃復活。兩人歡歡喜喜地回到這個世界。但事情有了變化，「死而復生的王妃，就像完全變了心一樣，對丈夫的愛完全消失無蹤」。

不久之後，年輕的國王為了拜訪自己的父親，與王妃一同出海，這時候王妃卻愛上船長，兩人趁著國王睡著時將他拋入海中。但國王利用那些「蛇葉」重生，將王妃與船長處死。

這個故事因為重生而出現了不樂見的人格變化。尤其女性是在準備隨她一同赴死的丈夫幫助下重生，但她卻背叛了丈夫，這樣的變化相當駭人。這個故事原本似乎是兩個不同的故事，由格林兄弟將其改編成一個。這樣的故事在格林童話中僅此唯一，所以不宜斷言民間故事具有這樣的傾向。前面也提過，格林兄弟在把「白雪公主」中的親生母親改寫成繼母時，顯示了他們的考量，因此試著揣摩格林兄弟將兩個故事合併改編成這個故事的意圖，或許較為有趣也不一定。

有些故事中出現人格變化的，不是經歷死而復生的人物，而是其周遭的人。在「忠實的約翰尼斯」（《格林》六）中，忠臣約翰尼斯為王子與公主的婚姻奉獻生命，最後化為石像。這對年輕的夫妻相當難過，希望約翰尼斯可以恢復人形。某天，石像約翰尼斯告訴成為國王的王子，只要砍下自己雙胞胎孩子的頭，把血塗在石像上，石像就能復活。國王雖然有些猶豫，但最後還是選擇砍下孩子的頭，讓約翰尼斯復活。後來約翰尼斯又把小王子的頭接回去，使孩子們重生。

這個故事描述的，雖然是約翰尼斯與小王子的死與重生。但從故事的發展可以明顯看出，經歷人格強烈變化的，卻是參與此事的年輕國王。

## 殺害的委託

格林童話中的角色，有時候也會因為被殺而變身。一般熟知的「青蛙王子」（《格林》一）就是這樣的故事。國王的小女兒把黃金球掉進池塘裡。小公主請青蛙幫她撿球，並對青蛙開出條件，「如果你願意幫我撿球，我就和你一起生活」。小公主天真地以為「青蛙總不會跟到城堡裡吧？」，但沒想到青蛙真的來到城堡。小公主的父王嚴格要求她必須遵守約定。公主在無可奈何之下，只好與青蛙一起吃飯生活。但就在青蛙強行跟著她進入寢室時，她實在受不了，把青蛙抓起來丟向牆壁，結果青蛙變成了王子。

公主把青蛙丟向牆壁的情節，對這個故事而言非常重要。因為一直逃避的她，卻在這時展現了積極抵抗的態度。前面已經探討過主動性與被動性，原本態度被動，遭青蛙強迫、聽父親命令的女性，卻在這時反過來變得積極主動，相當令人印象深刻。帶來變身的，或許正是賭上一切的抵抗。

這隻青蛙原本是個王子，但被魔法變成了青蛙，而他在這時透過與公主的對決，恢復原本的樣貌。日本的民間故事，尤其是與結婚有關的故事中，也存在這類變身的主題。「鶴娘子」（《大成》一一五）就是其代表。但日本的民間故事的結構就像「鶴娘子」一樣，原本是動物的角色化身為人，與人類結婚，在結婚之後又變回動物，最後與人類離婚，所以在許多方面都呈現出與格林童話的對比。我已經在其他著作[15]中詳述這些情節的意義，在此就略過不提。

既然能夠透過死亡變身，應該也有當事人希望被殺的情況吧？在「金鳥」（《格林》六十三）的故事裡，幫助主角的狐狸，最後懇求主角「請把我殺死，砍下我的頭與四肢」。主角不願意這麼做，便拒絕了。但主角禁不起狐狸的再三懇求，終究還是照做著狐狸的話去做，最後狐狸竟變身成為儀表堂堂的人類。

殺死幫助自己的恩人，確實是一件難以想像的事情。前面介紹過的「三片蛇葉」，就是企圖殺害幫助自己重生的恩人，結果反而使自己遭遇不幸的故事。但人生當中的事情，原本就不會遵循單純的規則發展，乍看之下互相矛盾的事情，有時就是真相。民間故事確實地告訴了我們這點。在「金鳥」的故事中，殺死恩人是有意義的。我想人生當中確實也有必須殺死恩人的時候。只有這樣的決心，才能使兩人發展出新的關係。

## 註釋

1 原註：河合隼雄《日本人的傳說與心靈》（『昔話と日本人の心』）岩波書店，一九八二年〔岩波現代文庫〕（中譯版由心靈工坊出版）。

2 原註：小澤俊夫《世界的民間故事：人與動物的婚姻譚》（『世界の民話──ひとと動物との婚姻譚』）中公新書，一九七九年。

3 原註：關敬吾等人編著《日本民間故事大成》（『日本昔話大成』）共十二卷，角川書店，一九七八至八〇年。之後簡稱為《大成》。編號為該書的分類編號。

4 譯註：就是白鶴報恩的故事。

5 原註：金田鬼一譯《全譯　格林童話集》（『完訳　グリム童話集』），共五卷，岩波文庫，一九七九年。之後簡稱為《格林》。編號為該書的編號。在日本，這部譯作原本收錄於初版，後來刪除的故事也全部翻譯出來，相當方便，但其編號也因此與一般使用的KHM編號略為錯開，這點希望讀者留意。

6 譯註：日本的鬼是一種長相類似獸人的妖怪，而片子指的是，半邊是人，半邊是鬼的孩子。

7 原註：河合隼雄《童話心理學：從榮格心理學看格林童話裡的真實人性》（『昔話の深層』）福音館書店，一九七七年。本書以格林童話為題材，闡述人類成長的各個階段（中譯本為遠流出版）。

8 原註：紐曼著，林道義譯《意識起源史》（意識の起源史）上·下，紀伊國屋書店，一九八四至八五年。

9 原註：出自J. Bolte und G. Polívka, "*Anmerkungen zu den Kinder- und Hausmärchen der Brüder Grimm*", 5 Bde., Leipzig, 1913-32。以下關於格林童話的始末，全都出自於這本注釋書。

10 譯註：這同樣也是主角欺騙別人海底有豬隻，而害人淹死的故事。

11 原註：前項（註5）。

12 原註：河合隼雄〈民間故事的心理學研究〉「昔話の心理学的研究」關敬吾等人編著《日本民間故事大成》（『日本昔話大成』）第十二卷，角川書店，一九七九年。

13 原註：一般譯為「費切爾的鳥」。

14 原註：前項（註1）。

15 原註：前項（註1）。

第二章

# 「半人」的悲劇——從民間故事來看現代人的課題

# 1 民間故事與現代

民間故事中隱含著現代人的課題，有時候甚至還提供解決課題的線索。這些在民眾心中流傳的故事，有的不僅直達人類心底深處，還具有超越時代的意義。我從事心理治療的工作，與個案共同解決現代人的煩惱與問題，所以對民間故事抱有高度的興趣。

前面提到，有些民間故事的內容能夠直達人類心底深處，而這或許是因為部分故事對人類而言具有普遍性。雖然我們未曾探究這些故事是在世界各地自然產生，還是在不同國家之間流傳，但總而言之，大家都知道世界各國都存在著共通的類似故事或主題。而儘管這些故事具有共通點，還是會因為時代與文化的不同，而產生某些差異。就像是相同的食材，在不同的時代與文化當中，還是會產生不同的**口味**。因此如果仔細探討這些民間故事，不僅可以發現全體人類的共通傾向，也能透過觀察文化帶給故事的差異，看見個別文化的特性。

我為了學習心理治療而前往美國與瑞士留學，並開始以瑞士心理分析學者榮格所提倡的分析心理學為基礎，在日本進行實際的心理治療工作。榮格所提出的心理學理論體系（但這個體系並沒有那麼完整），雖然被視為人類普遍共同的原則，然而就我的經驗來說，只要從事與個人實際生活狀況密切相關的工作，就必須考慮到文化的差異。換言之，榮格理論雖然適用於基督信仰的文化圈，但在日本，有時無法直接套用。對我來說，最重要的不是自己引進日本的榮格心理學有多麼**正確**，而是來找自己諮商的人怎麼生活、自己又能為他帶來多少幫助。就深度心理學這門學問的性質來看，在闡述時很難拋開自己實際上怎麼活這點。

基於這樣的想法，我在一九八二年發表了《日本人的傳說與心靈》（中譯版由心靈工坊出版）。這本著作以民間故事為題材，試圖從中找出日本人的生存方式。不過近年來國際交流頻繁，不同文化之間的接觸與衝突也出乎意料地逐漸增加，因此各個民族開始反省：原來世界上存在著不同的看法與見解，自己的觀念並非「唯一的正確答案」。尤其歐美以當地發展的自然科學為強大的武器席捲世界，歐美中心的想法蔚為主流，但近年來也愈來愈多人認為必須反省這樣的觀念。於是大力主張應該傾聽不同想法的人增加，也開始有人願意認真聆聽我的見解。我在這樣的趨勢當中，獲得愈來愈多前往海外演講的機會。在一九八四年十月，我應洛杉磯榮格研究所之邀，前往講授《日本人的傳說與心靈》。

《日本人的傳說與心靈》會出版英譯版，是美國友人為了方便工作的進行，而幫我想出的企畫。我為了將自己所寫的書翻譯成英文，不得不花工夫再一次仔細閱讀，但就在我重讀的時候，發現了一個嚴重的問題。那就是我在第三章〈鬼笑〉當中舉出「鬼子小綱」做為例子，並提到這類故事中出現了鬼與人類之間生下了半人半鬼的「片子」，但這樣的情節很難解釋，所以寫下「之後再提出來討論」，可是其實書後面完全沒有再提及。

「片子」的故事非常具有衝擊性，如同後述，鬼與人類生下的「片子」雖然好不容易回到人界，卻因為在人類的世界「難以立足」而自殺。我在洛杉磯翻譯自己的書時，除了發現上述的疏漏之外，也察覺到「片子」所呈現出的問題有多麼深刻，感到心情沉重。我自己將西方學到的事物帶回日本，思索著該如何運用，同時也屢屢感到在日本變得「難以立足」，所以在閱讀片子的故事時，無法置身事外。在撰寫《日本人的傳說與心靈》時，或許就是因為在無意識當中強烈地想要逃避這個問題，才會一邊寫下「之後再討論」，一邊卻將其遺忘吧。

回國之後，我盡可能大量閱讀與「片子」有關的類似故事，對這個故事的興趣也愈來愈濃厚。一九八五年四月，大阪的日德文化研究所為了紀念格林誕生兩百週年而舉辦了座談會，我也在座談會上發表了「關於日本民間故事中的『鬼子』」的研究成果。我後來知道文化人類學家羅德尼・尼達姆（Rodney Needham）[1]與小松和彥[2]也有相關研究，對這個議題的關注程度也就變得愈來愈高。

一九八六年春天，我參加了舊金山榮格研究所主辦的講座，演講題目是「日本人與西方人的比較心理學」，當時也稍微提到了「片子」[3]。如同前述，我將自己本身的經驗與片子重疊，而當我敘述這件事情時，可以從聽眾的反應中感受到他們也在思考自己內在的「片子」。或許可以說，多數生活在現代的人，都在某種意義上意識到自己心中產生的縱向分裂。我在美國演講時，也一邊思考日本民間故事中的片子對現代人而言的意義為何。

附帶一提，小松和彥在《荷米斯》雜誌第十期發表了一篇名為〈異類婚姻的宇宙——「鬼子」與「半人」〉的論文[4]。他透過這篇論文詳細探討、分析民間故事與神話中出現的「半人」形象的差異。我受到他的啟發，也在此針對相同的主題闡述自己的見解。不過就如同之後將會讀到的，我身為現代心理治療師，終究還是會結合現代人的生存方式展開思考，因此想必會與小松的立論方式大異其趣。當然，在必要的時候，還是會舉出小松的論點來探討。

## 2 片子的故事

接下來要介紹的故事，在日本民間故事中屬於「鬼子小綱」的類型，而且半人半鬼的孩子「片子」會在故事裡登場。「鬼子小綱」在關敬吾等人編纂的《日本民間故事大成》[5]中，被歸類為「逃竄譚」，不過就如同小松指出的，也能被歸類為「異類婚姻譚」。我以前在《日本人的傳說與心靈》中提到「鬼子小綱」時，把探討的焦點放在故事中出現的「鬼的大笑」，但這次打算把討論的焦點放在「異類婚姻」中生下的「片子」。接著就讓我們來看看在日本東北地區收集到的「片子」故事的大意吧！為了方便之後的討論，我也為這些故事加上編號。這個故事是①號（小松在論文中稱這個故事為「事例1」）。

①有一隻鬼在樵夫工作時現身。鬼問樵夫說：「你喜歡紅豆麻糬嗎？」樵夫回答道：「喜歡到可以拿老婆去換呢！」於是鬼就讓樵夫盡情享用紅豆麻糬。樵夫回家之後，驚訝地發現妻子不見了。樵夫出發尋找妻子，在十年後來到「鬼島」。島上有一個十歲左右的男孩子，他的身體右半邊是鬼，左半邊是人。男孩稱自己是「片子」。並且告訴樵夫，他的父親是鬼的頭目，母親則是日本人。片子帶樵夫到鬼的家裡，樵夫在那裡見到了妻子。樵夫想帶妻子回去，

但鬼不准樵夫帶走妻子，除非樵夫能在三次比賽中勝過他。於是他們比了吃麻糬、砍木柴、喝酒。樵夫在片子的幫助下贏得所有的比賽，三人趁著鬼醉倒的時候搭船逃跑，鬼發現了之後開始吸海水，打算把船吸過來。這時候片子靈機一動逗鬼發笑，讓他吐出海水，三人於是平安回到日本。但片子回到日本後卻被稱為「鬼子」，誰也不願搭理他，使他在日本愈來愈難以立足。片子打算尋死，他告訴父母，如果在自己死後把鬼的那一半切成小塊串起來插在門口，鬼或許就會因為害怕而不敢進來。如果還是不行，就對準鬼的眼睛丟石頭。片子說完之後，就從櫸木的樹頂跳下來自殺了。母親哭哭啼啼地照著片子的話做。鬼來到門口看到這樣的景象覺得很不甘心，「日本女人真過分，竟然忍心把自己的孩子切碎串起來」，接著繞到後門，破壞後門闖進來，但片子的父母拿石頭丟鬼，把鬼趕跑了。後來每到立春的前一天，人們都會撒豆子，並且串起小魚乾代替片子的肉塊。

這就是「片子」的故事。片子的自殺，讓讀者在閱讀這則故事時，感受到強烈的衝擊。故事中的片子應該算是「好人」，他在日本男人從鬼的手上搶回被擄走的妻子時，發揮聰明才智，提供了許多幫助。但在回到日本之後，卻因為「難以立足」而被迫自殺，這樣的故事實在很不合理。而且片子只是一名十歲的男孩，但他的自殺，父母卻無法阻止。

有些版本的「鬼子小綱」的故事，在三人回到家裡之後就結束了，結局可喜可賀，也沒有發生片子自殺的悲劇。但這樣的版本中，完全沒有提及人鬼混血的片子所產生的心理矛盾。似乎只要提到這樣的矛盾，結局就很容易演變成悲劇。

《日本民間故事大成》中，收錄了許多版本的「鬼子小綱」故事大意，在此只介紹提到片子內心糾葛的版本的結局。②孩子回到日本之後，說自己沒有辦法與人類一起生活，於是就跳海自盡（奄美大島）。③孩子在幫助母親之後就消失了（新潟縣栃尾市）。④一半是鬼的片（孩子的名字）在日本活不下去，於是回到了鬼父親身邊（宮城縣登米郡）。⑤小綱長大之後，開始想要吃人，於是他就建造了一間小屋，把自己關進去燒死，後來他的灰燼就變成吸人血的蚊子（岩手縣遠野市）。

除了上述版本之外，也有將孩子稱為「片角之子」或「片角子」[6]的版本，這些版本的故事，都結束在三人回到日本的家，完全沒有提及片角子的內心糾葛。不過在宮城縣伊具郡收集到的版本，值得注意。⑥孩子的頭是鬼，下半身是人，換句話說，他的上半身與下半身呈現不同的樣貌。故事的結尾是，孩子因為頭上長角而進不了家門，當時正值新年，他就用固定門松[7]的棒子磨角，於是角就掉下來了。

片子的自殺，實在太令人震驚，所以我也開始尋找有沒有快樂結局的故事，但是一直都找不到，最後終於找到了以下的版本。這個故事出自稻田浩二等人編纂的《日本民間故事通觀4 宮城》[8]。

⑦故事中的孩子名叫「幸助」，其結尾部分如下。幸助長大之後，幾乎每天都對母親說：

「媽媽，我最近總覺得很想吃人，實在忍不住了。所以請你把我裝進瓶子裡，埋在院子的角落，過了三年之後再挖出來。」母親雖然拒絕道：「這種事情我實在做不到。」但最後禁不住幸助再三要求，只好哭哭啼啼地將他裝進瓶子裡埋起來。三年後母親把瓶子挖出來時，裡面滿滿都是錢。

孩子變成了錢，能否算是可喜可賀，另當別論，我們姑且將其解釋為孩子實現了有價值的轉變。這個故事中的孩子名為「幸助」也非常有趣，或許是因為這個孩子為父母帶來了幸福吧！

此外，雖然很難稱得上是積極的快樂結局，但也有以下這樣的結尾。⑧孩子不見了。父母在找他的過程中，因為太累而睡著，結果土地神在夢裡出現，告訴他們：「我為了幫助你們而變成了孩子，所以不必再找了。」（富山縣中新川郡）

接下來就根據版本①，試著思考一下片子的故事。在這個故事中，樵夫與鬼因為一名女性的出現而產生對立。而這個故事有一個特點，那就是故事中經常使用「日本」做為與「鬼島」相對的表現，所以或許可以把兩名男性分別當成日本男性與外國男性，那麼這個故事就充分展現了日本男性的老實，或者該說是不可靠。當鬼問他「你喜歡紅豆麻糬嗎？」，他回答「喜歡到可以拿老婆交換呢」，並因此盡情享用了鬼給他的紅豆麻糬。後來發現老婆被抓走了，才驚覺「事情怎麼會變成這樣？」這段情節描寫得相當傳神。接著男人去尋找妻子，到了鬼島和鬼比賽，也得靠著孩子的幫助才能勝出。換句話說，他無法在公平的比賽中獲勝。這時，幫助男人的孩子，不是他自己的孩子，這點也相當耐人尋味。孩子的目的或許不是在幫助這個男人，而是為了替母親達成想要回到日本的願望，才協助男人在比賽中勝出。重點是母子之間的連結。

片子回到日本之後，「誰也不願搭理他，使他在日本愈來愈難以立足」的描述，也明確展現出日本人排外的態度。不反抗、不奮戰，選擇走上自殺一途的片子，以及不阻止他的父母，說起來也十分符合日本人的特質。版本②、⑤也提到了自殺，至於④則是孩子在日本生活不下去，因此回到父親身邊。片子在男人與鬼的比賽中能夠想出各式各樣的點子，但在日本面對一點一滴湧上的壓力時，卻找不到任何解決的辦法。他能做的只有回到父親的國家或是自殺。

再回到版本①，母親哭哭啼啼地照著片子的話，把他的身體切成小塊串起來。後來鬼來了，鬼說「日本女人真過分，竟然忍心把自己的孩子切碎串起來」，如果把這裡的「日本女人」替換成「日本人的母性」，而非指這位女性個人，應該就能充分理解鬼的這句台詞。換句話說，片子的父母難以對抗推崇均一性、不容許「片子」這種異類存在的社會狀態及輿論力量，所以對自己孩子的自殺採取默默旁觀的態度。我們是否能將這種態度與日本人的母性優越性結合起來思考呢？我覺得鬼所批評的，不是一名女性，而是包含男性與女性在內，作用在所有日本人身上的強烈母性。

但是最後鬼撤退了。日本人雖然沒有把鬼消滅，但總之也防止了鬼的入侵。

## 3 文化比較

前面的論述雖然把「片子」視為反映日本人特質的故事，但還必須比較過其他文化圈的民間故事後才能斷定。如果其他文化圈有許多極為相似的故事，那麼草率地把「片子」的故事與日本人的特質連結就很危險。接下來我們就從世界各地的民間故事中尋找相似的故事類型，同時也把焦點放在半人與主角的自殺來進行探討。

《日本民間故事大成》裡面列出的「鬼子小綱」的多種版本，屬於AT分類法[9]中的「孩子與鬼」（AT 327）；小澤俊夫舉出的例子則是波蘭民間故事「馬第的床」[10]。前者類似「糖果屋」，是被鬼抓走的孩子從鬼的手中逃跑的故事；後者則是商人把兒子的靈魂賣給惡魔，兒子長大之後又把靈魂奪回來的故事。然而這些故事中的孩子，在意義上都不是我們想要討論的「片子」。這個狀況顯示片子的故事相當獨特，即使放眼全世界，也很難找到類似的內容。

不過羅德尼．尼達姆指出，如果焦點不是完整的故事，而是「片子」屬於半人半鬼的存在，那麼像片子這樣的半人，就廣泛存在於世界各地的神話與民間故事當中。

尼達姆首先指出，「半人」是「想像中的人，只有單邊身體」，並且也舉例說明「全世界都能找到這樣的故事」。他提到「半人的形象雖然稱不上普遍，但也廣泛地分布在世界各地」，接著又提到，被垂直或水平分成兩半，而且兩個半邊各自帶有不同特質的人體（換句話說，就是像片子這樣的存在）也必須是探討的對象。尼達姆也舉出這樣的例子，譬如「西非伊博族認為，完成某項儀式的男性，身體會變成半人半精靈。所以他們將其身體右半邊塗黑，左半邊塗白，象徵擁有兩種相反性格的半身合而為一」。塗成黑白兩色的身體，讓人聯想到小丑的服裝，這點相當耐人尋味。

尼達姆舉出許多類似的例子之後，得到這樣的結論：「半人這樣的文化表象，源自於心理要素中的原型（archetype）」。但小松和彥卻對於這樣的結論「非常失望」。不過我認為，上述的意見分歧對於這類研究而言，在某種程度上難以避免。因為這樣的分歧來自於研究者著重的是相似性還是差異性。換句話說，尼達姆注意到的是存在於世界各地半人之間的相似性，並且得到「這些半人之間存在著共通原型」的結論。至於小松的研究雖然只限於日本民間故事，但他卻把焦點放在故事中呈現的微妙差異，將半人的形象視為「帶領我們走向日本文化內部潛藏的複雜差異體系的出色引路人」。

我則主張暫時將「半人」是否為原型的爭議放到一邊。就如同尼達姆所指出的，「半人」的形象廣泛地存在於世界各地，那麼日本的「片子」與其他國家的「半人」相比，呈現出什麼樣的差異呢？我試圖透過這點，找出日本人的心靈狀態，或是日本文化的特性。再加上我從事的是心理治療的工作，因此難免總是會寫到現代人的課題。

從尼達姆的論文以及我所知的範圍來看，像片子這樣的自殺情節，可說是極為少見。提到這點不禁令人懷疑，到底還有沒有其他主角自殺的民間故事呢？於是我試著調查格林童話中還有多少故事提到自殺。關於這點，我們已經在上一章探討過，在此就只簡單提一下，從結論來看，格林童話中提到自殺的故事少到幾乎可說是沒有。僅有的三個，分別是「墳墓中的窮孩子」，這是孤兒遭到養父母虐待而自殺的故事；「熊皮人」，這是三姊妹中的兩個姊姊因為無法與主角結婚，憤而投井、上吊自殺的故事；至於另一個收錄在一八一二年版格林童話的「孩子的殺豬遊戲」，描述的則是一對小兄弟在玩「殺豬遊戲」時，哥哥殺了弟弟，母親看見這幅情景氣得殺死哥哥，而泡在水裡的小嬰兒也在這時溺死，最後母親萬念俱灰上吊身亡。但這個故事後來不知為何遭到刪除，或許是因為格林兄弟覺得故事太過悲慘了吧。

雖然大家或許會覺得原來格林童話中竟然也有這樣的故事，但在所有格林童話中，提到自殺的，就只有這幾則，由此也能發現自殺的故事意外地少，更能凸顯片子故事的獨特。「墳墓中的窮孩子」描述的確實也是可憐的孩子在某種意義上「難以立足」而走上自殺之路，但整體的脈絡，與「片子」截然不同。

為了保險起見，我也查閱了美國民俗學者史蒂斯．湯普遜的故事類型索引中「自殺」的項目。這個項目中收錄了世界各地含有「自殺」主題的民間故事（但很遺憾地，漏掉了日本的

「片子」）。我藉由這樣的查閱，得知放眼全世界也有不少故事提到自殺，但卻沒有任何一個故事讓我感受到與「片子」的類似性。

再回到「半人」的故事。現代作家伊塔羅・卡爾維諾（Italo Calvino）寫了一篇名為《分成兩半的子爵》[11]的作品，雖然不是民間故事，但我強烈希望提出來探討。卡爾維諾對民間故事非常感興趣，甚至還編輯了義大利的民間故事，這篇故事給人的感受也相當具有民間故事的風格。故事的主角梅達多子爵在戰場上被子彈擊中而裂成兩半，這兩半各自活了下來，一半是徹底的好人，另一半則是徹底的壞人。故事詳情在此省略，總之其焦點放在這兩個「半人」如何整合成原本完整的一個人。最後好的那一半與壞的那一半決鬥，雙方分別朝著對方垂直砍下，沿著裂成兩半的線切開，最後兩者的血管被斬斷，飛濺的血液混在一起。雙方因此順利結合，恢復成原本完整的人。

這個故事藉由寓言故事的結構，描述存在於現代人心中的縱向分裂以及癒合的過程。由此可知，「半人」是超越時代的存在。故事結尾提到「半人」在恢復成原本完整的人時，彼此朝著對方垂直砍下，這樣的行為解釋成**自殺**也無不可。若聯想到片子的自殺，更是耐人尋味。這點似乎顯示，半人經常必須面對死亡。

## 4 異類女婿之死

片子的自殺，也讓我聯想到日本民間故事中經常提到的異類女婿之死。小松和彥也以片子的故事為發端，討論到日本民間故事中所有「異類婚姻譚」。雖然所有異類婚姻的故事都是我感興趣的對象，但這裡想要探討的是與片子自殺有關的異類女婿之死。

民間故事中的異類婚姻，是個非常耐人尋味的大問題，光靠這裡的篇幅，是討論不完的。小澤俊夫已經發表了劃時代的研究成果[12]，我也依此在《日本人的傳說與心靈》中，針對日本民間故事的異類妻子討論了不少自己的想法。關於這些想法，本書就不再重複，但只有一點必須強調，那就是在這些故事中，可以看見人類面對「異類」時的矛盾態度，這些「異類妻子」有時比人類低等，有時又是比人類更高層次的存在。換句話說，故事中登場的「異類」，無論對人類而言，是好是壞，都象徵著某種難以理解的事物。

不過，若是比較日本民間故事中的異類妻子與異類女婿，可以看見顯著的差異。異類妻子在真面目被發現之後，只會離開或消失，不會被殺死，但異類女婿卻經常遭到殺害。

譬如「猴女婿[13]」就是這樣的故事。這個故事分布於日本全國，《日本民間故事大成》中收錄了大約一五〇個版本。故事的大意如下。某位父親有三個女兒，父親說，如果有人能夠幫忙灌溉自己所有的田地，就把其中一個女兒嫁給他。後來有一隻猴子把水引進了田地，要求娶這位父親的女兒。父親拜託他的三個女兒嫁給猴子，兩個姊姊拒絕了，但小女兒卻答應下來。她與猴子結婚之後，要求猴子搗麻糬做為回娘家探望自己父親時的伴手禮。她讓猴子直接把麻糬裝在石臼裡帶回娘家，石臼很重，猴子拿得很辛苦。接著女兒看到櫻花開得很美，也拜託猴子採下櫻花讓她帶回去送給父親。猴子聽從她的話攀上樹枝，女兒卻要求猴子愈攀愈靠近樹梢，最後樹枝折斷，猴子掉進河裡淹死了。女兒於是回到家裡，與父親過著幸福的生活。

這個故事的特徵在於，沒有做任何壞事，甚至還做了好事的猴子，卻被人類用計殺害。我認為這點與做了好事的片子，卻不得不走上絕路的脈絡一致。這裡雖然以猴女婿為例，但鬼女婿或蛇女婿也是類似的故事。

有三個女兒的父親因為許下承諾，使得其中一個女兒不得不嫁給異類（多數是怪物或野獸），但兩個姊姊拒絕，最後由小女兒出嫁。這種類型的故事在西方很多，屬於所謂的「美女與野獸」型。不過在西方的故事中，野獸一般會因為女性的愛而變成人類（這些野獸其實原本是人，被魔法變成了野獸，因此魔法解除之後，就能恢復原本的樣貌），最後兩人過著幸福快樂的生活，與日本的故事發展大相逕庭。

這類故事應該能有許多不同的解釋，但我從中感受到最強烈的部分，是對於男性特質的否定。以心理學的角度來看，異類入侵人類世界的故事，可以解釋成無意識界的某種心理內容往意識界的入侵。異類女婿的形象在這時代表某種具備男性要素的事物，而這項事物最後遭到排除。但這裡的男性要素指的是什麼，需要再稍加說明。

話題回到最一開始的「片子」，從這個故事中可以看到，一名女性同時與日本人丈夫和鬼丈夫這兩名男性發生關係。後來這當中產生矛盾，最後人類丈夫留下，鬼則遭到排除。半人半鬼的片子雖然在這當中大顯身手，但最後片子犧牲自己，保障了人類夫妻的安全。換句話說，男性特質被分成兩半，其中一半獲得接受，另一半則被排除，甚至連存在於兩者中間的片子都遭到否定。

前面提過，我在一九八六年四月曾前往舊金山演講。而在演講的前一天，我也與美國知名神話學者喬瑟夫．坎伯（Joseph Campbell）共同舉辦講座。「片子」的故事，讓我回憶起坎伯當時所講的內容。

坎伯的大意是，歐洲原本屬於農耕民族，在祭祀地母神的宗教背景下，擁有強烈的母性特質文化。後來畜牧民族的基督信仰傳入，建立起由父性特質占優勢的文化。這個傾向流傳到了現代，美國尤其因為過於強烈的父性而產生許多社會問題。為了彌補這點，美國必須考慮母性的復權。當然，坎伯為了證明他的理論，運用了他淵博的知識與歐洲古代的地母神影片等，展開具說服力的論述。這段介紹的，就是坎伯的理論中最重要的部分。

我聽到這段話時的想法是，日本最近反而有許多人主張父親的復權，或是強大父性形象的必要性等等，對照需要母性復權的美國，就相當耐人尋味。日本人試圖恢復的父性權威，終究仍是農耕民族的父親，然而我發現無論就坎伯的話來想，還是就世界史的角度來想，現代日本人真正需要的，反而是畜牧民族的父親。換句話說，現代日本人追求的不應該是父親的復權，因為在過去的日本文化中很難找到畜牧民族的父親形象，現代日本人需要的甚至可以說是重新創造父親形象的態度。

如果不確實掌握這點，就會誤以為所謂在現代日本教育中恢復父權，就是重拾莫名的斯巴達教育或過去的軍事訓練等愚蠢的制度。農耕民族也好，畜牧民族也好，當然都存在父親與母親，如果某一方的特性凸顯出來或是更加深化，就會轉變為地母神或天父的形象。這些形象在各自的文化中扮演主要角色，就如坎伯所說，農耕民族的文化可稱為母性文化，畜牧民族的文化則可稱為父性文化，但各自的文化中，也能看見發揮補償作用的父性或母性存在。在日本會說「父親啊，您是強大的[14]」，但我們必須充分認知到父親的強大終究是為了服務母性。

「片子」的故事清楚展現了日本的父親形象。當自己的孩子敵不過世間的力量而準備尋死的時候，日本父親雖然有默默**忍受的堅強**，卻完全不具備為「片子」正面迎戰這個社會的強大。儘管他知道片子將自己與自己的妻子從絕境當中拯救出來，但在面對這個社會時卻無能為力。對比這樣的父親形象，鬼展現的或許就是畜牧民族的父性。看似凡事忍耐、凡事接受的日本人，也千方百計要防止鬼的入侵。

或者如果把猴女婿中的猴子，解釋成畜牧民族的父性呢？希望永遠都能與女兒一起幸福生活的父親，和女兒之間的連結相當穩固，在面對試圖介入父女連結的全新父性時，不惜用詭計將其殺害，也要與之對抗。

## 5 現代人的課題

正如前面提到的，我希望把討論帶到現代人的課題，因此儘管有關異類婚姻譚的細節探討，雖然還有許多耐人尋味的部分，但就留待其他機會分享，在此先將討論往下進行。不過我還想強調一件事，在異類婚姻譚中，不會發生對異類妻子的殺害，對異類女婿的殺害卻時常可見，這點非常重要。在猴女婿的故事類型當中，也能看見人類妻子「拋棄半人半猴的孩子」等類似「片子」的主題[15]。就我的調查範圍來看，日本民間故事中，只有人類與異類女婿結婚的情況會生下「片子」這樣的孩子，與異類妻子結婚則不會，這點將牽涉到先前提過的父性問題。

生活在現代的日本，因為接觸西洋文化的機會增加，再加上歷史的整體趨勢，必須試著引進過去的日本民族不太熟悉的畜牧民族父性。用我們介紹的民間故事來比喻，就是不得不逼得好不容易才帶回日本的片子自殺。

片子的悲劇讓我聯想到現代日本常見的社會問題——「歸國子女」的悲劇。在此雖然不詳細描述[16]這些長期隨著旅居海外的父母居住國外，後來才又回到日本的孩子，覺得日本有多麼「難以立足」，最後甚至被迫自殺的狀況，但他們的問題明顯就是「片子」的問題。換句話說，從他們的問題當中可以清楚看到，日本人在面對歐美型父性的入侵時，基於母性一體感所展現出的默默排斥的態度。

那麼我們該怎麼做呢？前面提到的版本⑦給了我們一個提示——把片子裝進瓶子埋到土裡，給他一段適當的轉化期。換句話說，就是在生活中包容片子，不要把他逼到自殺的絕境。而且「片子變成錢」的結局，或許應該解釋成片子轉變為某種比錢更寶貴的東西。不過，這樣的結局也可視為間接描述片子的死，似乎不算是個很好的提示。

接著仔細來看版本⑤。片子去找祖父，告訴祖父自己開始想要吃人，不知道該如何是好，請求祖父殺死自己。祖父不願意答應，但片子終究還是自殺了。這裡片子的殺人委託，讓我們回想起上一章討論的格林童話「金鳥」中，也出現同樣的主題。「金鳥」的故事中，經常大顯身手幫助主角的狐狸，最後要求主角把自己殺死，並將身體肢解。主角原本拒絕，但最後還是答應狐狸的請求，結果狐狸就變身為王子。

如果日本片子的祖父也答應孫子的請求，鼓起**勇氣**將他殺了，是否也能使他變得更出色呢？答案恐怕是否定的。西方的狐狸原本是王子，因為被施了魔法才變成狐狸，因此魔法解除之後，就能變回原本的樣子。片子雖然也像格林童話中的狐狸一樣大顯身手，但他原本就是人類與鬼生下的孩子，並非因為魔法才變成半人半鬼，所以即使殺了片子，想必也不會發生這麼好的事情。

在版本⑤當中，自殺的片子變身為虻蟲或蚊子。而翻開原本的故事，也有寫到變身為蛭子，由此甚至能讓人聯想到日本神話中的蛭子神，但在此就不討論。

生活在現代的日本人，雖然不會把片子逼到自殺，但也不會殺死片子期望為他帶來西方模式的變身。讓片子繼續活下去，目睹從中誕生的全新故事，並且努力活在這樣的故事當中，這或許就是現代日本人的課題。

如同前述，當我在舊金山與洛杉磯的演講中提到這點時，從聽眾的反應得知，許多現代人的心裡都存在著狀態各不相同的片子，並且為此受苦。演講企劃者的感謝函上寫著「您的演講讓我們感受到片子存在於我們每個人心中，未曾遠去」。我主要順著日本民間故事中「片子」的脈絡，探討日本人眼中新的父性。但或許就如尼達姆所說，思考普遍的半人形象時，必須考慮到其分裂具有各種不同的意義。卡爾維諾認為這是善與惡的分裂，並且生動地描述失去惡的善是如何「棘手」。事實上，只要想想美國對越南、或蘇聯對匈牙利的「善意」帶來了什麼樣的後果，就能知道我們幾乎每天都在體驗**純粹的善**有多麼可怕。分裂成善惡兩半的片子，在現代是嚴重的問題。

有些美國聽眾將片子視為心物分離的問題，或者也有移民第二代、第三代將其視為日本人與美國人的問題。

這麼一想，幾乎可以說現代沒有人不意識到存在於心中的片子吧？我認為現代人的課題不是排除這樣的片子，而是讓他們繼續活下去，逐漸接受他們所創造的故事。

## 註釋

1 原註：羅德尼·尼達姆，長島信弘譯〈半人〉（「片側人間」）《現代思想》，一九八二年六月號，青土社。

2 原註：小松和彥〈日本民間故事中的異類婚姻〉（「日本昔話における異類婚姻」）《日本語·日本文化研究論集　共同研究論集》第3輯，大阪大學文學院，一九八五年。

3 原註：關於這點已在下列拙作中詳述。〈物與心：在美國思考的事——〉（「物と心——アメリカで考えたこと——」）《圖書》442號，岩波書店，一九八六年。

4 原註：小松和彥〈異類婚姻的宇宙：「鬼子」與「半人」〉（「異類婚姻の宇宙——「鬼の子」と「片側人間」）《荷米斯》（『へるめす』）第10期，岩波書店，一九八七年。

5 原註：關敬吾等人編著《日本民間故事大成》（『日本昔話大成』）共十二卷，角川書店，一九七八至八〇年。

6 譯註：日本的鬼，頭上有長角，而半人半鬼的孩子只有單邊有角。片角就是單邊有角的意思。

7 譯註：日本在新年的時候，裝飾於門口的植物。

8 原註：稻田浩二·小澤俊夫《日本民間故事通觀4　宮城》（『日本昔話通觀4　宮城』）同朋社出版，一九八二年。

9 譯註：阿奈爾－湯普森〔Aarne-Thompson〕分類法，分類民間故事的方法。

10 原註：小澤俊夫《世界的民間故事》（『世界の民話』）解說篇，行政出版社（ぎょうせい），一九七八年。〈馬第的床〉（「マディの寝床」）收錄於《世界民間故事》（『世界の民話』）東歐II。

11 原註：伊塔羅・卡爾維諾，河島英昭譯《分成兩半的子爵》（『まっぷたつの子爵』）晶文社，一九七一年。

12 原註：小澤俊夫《世界民間故事：人與動物婚姻譚》（『世界の民話——ひとと動物との婚姻譚』）中公新書，一九七九年。

13 原註：《日本民間故事大成》（『日本昔話大成』）中，被歸類為一〇三號。

14 譯註：一九三九年發行的軍歌歌名。

15 原註：《日本民間故事大成》（『日本昔話大成』），山形縣最上郡收集的版本。

16 原註：關於這點，請參考下列文章。大澤周子《同一片藍天海：外歸國子女是現代的棄兒嗎？》（『たったひとつの青い空——海外帰国子女は現代の棄て児か』）文藝春秋，一九八六年。

| 第三章 |

# 日本人的美感——以日本民間故事為例

# 1 黃鶯之居

我曾經針對日本文化的問題提出許多看法，尤其透過分析《古事記》所得到的「中空構造[1]」的概念，以及分析日本民間故事所提出的「女性意識」的概念，更是與日本文化的根基密切相關，直到現在，對我而言，依然非常受用，因此關於這些部分基本上沒有什麼需要補充。這次將承襲上述概念，試著從日本人的美感觀點進行探討。因此這裡的論述，有些部分將與我過去發表過的論述重複，先請各位見諒。

我在先前著作中[2]討論日本的民間故事時，第一個介紹的是「黃鶯之居」，因為我認為這個故事精彩地展現出日本民間故事的本質。我先簡要介紹這個故事。有一位年輕的樵夫，在森林中看見一座以前未曾看過的宅邸，此時一位美女出現了，她因為要外出而拜託樵夫幫她看家。她在臨走之前告誡樵夫：「不能偷看後面的屋子」。但樵夫不遵守約定，進到屋子裡，經過了許多有著美麗傢俱的房間，最後來到第七間。他拿起房間裡的三顆蛋，卻不小心讓蛋掉到地上。這時美女回來了，她邊啜泣邊埋怨，最後化為黃鶯，留下「我好想女兒啊，吱啾啾啾啾」的啼聲後就飛走了，只剩下樵夫一人獨自留在所有一切都消失的荒野。

這是「黃鶯之居」眾多版本中的一個，至於細節部分，則依版本不同而有各種差異。我先前的著作已經將這所有的差異製成表格進行探討，本書就不再贅述。我在此只想指出，把這個故事與其他國家的民間故事，尤其是西方的民間故事相比就會發現，儘管年輕男女有緣相會，最後女性依然離去，並未與男性結婚這點，非常能夠讓人感受到日本特色。西方的民間故事研究者很早就指出，男女結合的主題在日本民間故事當中相當少見。

我已經在《日本人的傳說與心靈》中詳細討論過，本書就不再詳述。如果去讀與西方的「不能看的房間」類似的故事，就會發現西方與日本相反，西方故事中設下禁忌的是男性，觸犯禁忌的是女性，當女性打開「不能看的房間」時，看到的是屍體，或丈夫啃食屍體的醜惡面貌。而且觸犯禁忌的人，經常得遭受死刑等刑罰（在日本的故事中，觸犯禁忌多半沒有罰則，這點也很特殊）。這時將有另一名男性出面拯救她，最後故事就以女性與這名男性的結合告終。相對於西方故事的快樂結局，日本民間故事的結局該如何解釋才好呢？就西方角度來說，日本民間故事甚至可以說「什麼事情都沒發生」。瑞士民間故事研究者路季在討論日本民間故事與西方民間故事的差異時曾提到：「在日本民間故事中，違反禁令，很少像歐洲民間故事那樣將帶來一場冒險，使主角因冒險而提升身分，反而像歐洲的傳說一樣失去一切，演變成『無』的狀態[3]。」

對此，我認為，路季所說的「無的狀態」，不必然帶有負面意義，畢竟日本民間故事，對於「無」的描述反而相當積極不是嗎？我已經在其他地方討論過日本的故事對「無」或「空」的重視，因此這次想要探討與之相關的「美」的問題。我認為在思考日本人的美感時，這個故事所呈現的「美的問題」能夠帶來線索。而後面會再提到，日本人的美感將大幅影響日本人的心靈狀態。

「黃鶯之居」的故事有許多版本，但觸犯禁忌進入屋內所看見的景色，幾乎都非常之「美」。最常見的是「梅花與黃鶯」，其次則是稻子逐漸生長的景象，總之就是「自然美景」。這點極具特色，與西方的陰森光景，譬如「藍鬍子」的故事，呈現明顯的對比。這種日本故事中的「美」，到底代表什麼樣的意義？我們又該如何解釋這點？

## 2 浦島太郎中的美

我已經在其他著作中詳細討論過浦島太郎，在此不想重複。此處只針對與我們的主題「美」有關的部分稍微進行說明。

「浦島太郎」的故事經歷了相當的變遷，才從《日本書紀》與《風土記》中的版本演變成現在我們熟知的內容。原版的故事與烏龜報恩完全無關。《風土記》中描寫的是五色烏龜化為女性「龜姬」與浦島太郎結婚的故事。後來故事的內容隨著時代演變出許多版本，接著就讓我們來看《御伽草子》版本中描述的「龍宮城」。

這座龍宮城的特色，是能在四個方向看見四季的自然美景。「首先打開東邊的窗戶，看見的是春天的景色。梅、櫻齊綻放，綠柳隨春風搖曳，晚霞中傳來黃鶯啼鳴，每棵樹的樹梢都開滿了花。接著看南面的窗戶，那裡望出去是夏天的景色。卯花（水晶花）於春夏之間的圍籬盛開，蓮花的露珠落入池中，激起清涼的漣漪，水鳥也來嬉戲。樹梢枝葉逐漸茂密，蟬聲響徹天空。陣雨過後，雲間傳來杜鵑啼聲，宣告夏天來臨」，接著也依次花了不少篇幅描寫西面的秋景與北面的冬景。現代人普遍熟知的「浦島太郎」故事中，雖然已經不存在浦島與乙姬結婚的情節，但依然留下強調龍宮城「美到無法描繪」的部分。

附帶一提，前蘇聯民間故事研究者契斯塔夫（K. V. Chistov）針對浦島太郎的故事寫過一件有趣的事[4]。他讀「浦島太郎」的故事給四歲的孫子聽，當他讀到浦島去了龍宮，「那裡有一座四個方向分別主宰春、夏、秋、冬四個季節的宮殿與華麗的庭園」時，發現「孫子對於這些長篇幅的描寫完全沒有興趣，看起來像是在期待別的事物」，於是契斯塔夫就問孫子：「你在想什麼？」。

孫子回答道：「他什麼時候會和那傢伙打起來啊？」孫子口中的「那傢伙」，指的是龍。「龍宮」裡當然住著龍，而孫子期待的就是主角戰勝惡龍。孫子最後雖然把故事聽完了，但「他直到故事結束依然搞不清楚，主角為什麼不與龍戰鬥，還有為什麼不和故事中出現的龍王的女兒結婚」。

這個例子顯示了「英雄打敗怪物」對歐美人而言有多麼重要。西方的孩子無法想像「龍宮城」裡沒有龍的故事。再者，男性與女性結婚也具有極高的象徵性。他們雖然可以理解象徵「相反事物結合」的男女婚姻，卻似乎無法理解浦島故事中，四季自然共存所象徵的統合性。

這裡值得注意的是，雖然都是「統合」的象徵，但西方用的是男性與女性這兩個性別的人類，而日本使用的卻是自然之美。如果這裡的「自然」並非與人類相對的「自然」，而是指連人類都包含在內，所有一切都合而為一的狀態，那麼西方「屠龍」的故事，或許就應該解釋成對這種渾沌「自然」的破壞。或者也可以說，如果不殺死象徵母親的自然，就無法確立西方近代的自我。

我無意藉此表達日本較西方優異。關於這點，只要看了浦島太郎不幸的結局就能知道，這明顯不是個可喜可賀的故事。在《萬葉集》描述的「浦島」故事中，主角最後甚至死了。

這種「悲劇」的結局，當然會讓人想要試圖扭轉，在許多版本的「浦島」中，也能看見這樣的嘗試。關於這點，接下來將會說明。

## 3 以「美」解決矛盾糾葛

前面指出，日本民間故事中「不能看的房間」不同於西方的陰森，隱藏著自然之美，但事實上應該也有不少人發現，日本神話中也有近似於西方民間故事的情節。譬如開天闢地之祖伊邪那岐為了去見死去的妻子伊邪那美而前往黃泉之國，但伊邪那美禁止他偷看自己。後來伊邪那岐觸犯禁忌，看見了極為陰森的景象——他不顧伊邪那美的禁止點亮火光，看見伊邪那美身上長滿蛆的不堪樣貌，於是嚇得逃跑。伊邪那美勃然大怒，追趕逃跑的伊邪那岐。最後伊邪那岐終於逃出生天，將「千引之石」堵在人世與冥府的分界，因而得救。但伊邪那美的怒氣沒有消退，揚言每天將殺死一千名伊邪那岐的國人。對此伊邪那岐則回答，那麼他的國人每天將生下一千五百名孩子。這代表兩者之間以非常單純的形式達成了某種妥協。

同樣都是觸犯「不能看的禁忌」，為什麼神話中看見的是不堪的樣貌，民間故事中看見的卻是美麗的風景呢？接下來我們將考察日本神話中另一個「不能看的禁忌」，做為探討這點的線索。這是火遠理命與豐玉姬神的故事。在日本人熟知的海幸、山幸兩位兄弟神明的神話裡，弟弟火遠理命與海底之國的公主豐玉姬神結婚之後回到陸地。後來豐玉姬神懷了身孕，她為了生產而來找火遠理命，並告誡他不能在自己生產的時候偷看產房。但丈夫火遠理命卻不顧告誡往產房窺視，結果看見豐玉姬神化為鱷魚生產的樣子。火遠理命嚇得逃跑，豐玉姬神也因為自己的樣子被火遠理命看見而感到羞恥，因此躲回了海底之國。這個故事的後續也相當耐人尋味。豐玉姬神儘管怨恨丈夫，卻壓抑不住對丈夫的愛戀，她送了一首詩歌給丈夫，而火遠理命也回了一首詩歌，在詩歌裡說自己忘不了她。

在這個故事中值得注意的是，豐玉姬神雖然怨恨觸犯禁令的火遠理命，卻沒有像伊邪那美那樣，憤而想要懲罰對方（這與希臘神話中，阿蒂蜜絲因為自己的裸體被阿克提安看見，而對阿克提安發洩強烈的怒氣形成鮮明的對比）。而且最後故事在兩人互相交換詩歌中落幕。破壞禁忌者與禁忌被破壞者之間的矛盾糾葛，就透過互相交換詩歌的形式自然而然解開了。在某些版本的浦島太郎故事裡，也能看見這樣的模式。西方人看在眼裡似乎覺得很稀奇。我的友人，美國榮格派分析師詹姆斯・希爾曼（James Hillman）曾說過，日本人似乎很擅長「優美地解決矛盾糾葛」，他的言論或許就可以套用在這樣的故事上。因為兩者之間的矛盾糾葛並非透過倫理或道德就能輕易解決，就算以這種方式解決了，也經常會留下不滿。但日本人卻能透過「美」來解決這樣的問題。

這麼一想，就能發現，矛盾糾葛的解決方式，從伊邪那岐與伊邪那美的故事，到火遠理命與豐玉姬神的故事，再到「黃鶯之居」的故事，似乎變得愈來愈美。接下來我們將承襲這點，試著就這個問題與西方的故事進行比較。

## 4 日本與西方

提到觸犯禁忌，西方人第一個聯想到的，應該是夏娃偷吃禁果吧？日本神話當中，設下禁忌的是女神，觸犯禁忌的是其夫神。至於猶太、基督信仰的神話中，設下禁忌的是神（男性），觸犯禁忌的則是人（女性）。但無論是日本還是西方，觸犯禁忌之後都會發生重要的「分離」現象，這點值得注意。日本神話當中，伊邪那岐將「千引之石」堵在黃泉之國與這個世界的交界處，明確隔開人世與冥府。至於在基督信仰的神話中，人類則被逐出樂園，明確區分了神的國度與人的國度。將事物「分離」是人類意識的重要功能。人類透過意識，在混沌之中賦予區別，分割出天與地、善與惡、光與暗等等。擁有並了解這樣的意識對人類而言非同小可，人類甚至覺得必須為此做出重大的犧牲。《聖經》當中提到，神不樂見人類吃下「知善惡之樹」的果實，換句話說，人類「知」的代價就是背負原罪，而原罪就是重大的犧牲。

日本的神話，是神與神之間的故事，並沒有神與人之間的故事。而且如果讀了整部的日本神話，就會發覺神與人之間的區別並沒有像基督信仰那樣嚴格。而且「知」在日本神話中帶來的結果是明確區分人世與冥府，而非神界與人界。伊邪那美因為被伊邪那岐看見自己不堪的樣貌而氣得想要殺了他。這個行為雖然也能解釋為懲罰，但伊邪那美在追上去之前說了一句「你羞辱了我」，代表被看見的羞恥大過於看見帶來的罪過，這個部分也很特殊。就如同前面提到的，豐玉姬神的樣子被火遠理命看見時，也說「這實在太羞恥了」，換言之，羞恥的情緒雖然明確，「罪」卻沒有被提及。

「設下禁忌的全是女性」，這是日本民間故事的特徵。相反地，西方故事中設下禁忌的則是男性。關於西方的部分或許可以這麼想：至高無上的唯一神禁止人類「知」，觸犯禁忌的人類從此背負原罪，活在神與人之間明確且絕對的區別當中。後來，神成為對人類而言至高無上的存在，神才是完美的完成體，不知何為惡，也沒有缺點。

儘管在西方民間故事中，對女性設下禁忌的男性讓人聯想到神的形象，但女性看見的卻是這名男性醜惡至極的一面，這代表什麼意思呢？如果引用榮格分析心理學的想法來看這個概念，或許可以這麼說：善與惡的明確區別，或者神與人的明確區別，是建立在父性原則上的功能，就如同猶太、基督信仰的神是男性，顯示了父性原則在其信仰中發揮強烈的作用。民間故事可說是從民眾無意識的深層中所產生的故事，因此對於文化的正統脈絡就具有類似「補償」的傾向。民間故事中，對女性設下嚴格的禁忌，企圖支配她們的男性有著極為醜惡的一面——儘管男性努力隱藏——或許就具有抑制父性原則的意義。雖然不敢說至高無上的神也包含了惡，但父性原則的評價因此降低，卻是事實。當然，父性原則也因為出色的男性出面拯救女性而獲得了新的評價。而這名獨一無二的女性——清楚知道父性原則的相對性的女性，在故事的結尾與這名出色的男性結婚，或許就代表著女性原則的評價，以及只有透過父性與母性的結合，完整的事物才能誕生。

雖然在此只是很簡單地介紹一下榮格派的想法，但從中可以看見西方民間故事對基督信仰的正統思維發揮了補償作用。在西方民間故事裡的主要元素當中，可以看見對母性原則或女性的重視，這想必是為了補償在神話當中因為夏娃偷吃禁果而被貶低的女性價值。至於日本，已經在神話當中描述了女性的醜惡，因此即使設下禁忌的是女性，故事發展也明顯不同於西方。在日本，占優勢的反而是母性，所以理所當然由女性設下禁忌，但在母性優勢中，正統與異類的關係不像在父性優勢中那麼明確。換言之，母性具有包容一切的部分，事物的區分也變得模糊，因此難以明確呈現何為正統。

日本神話當中，設下禁忌的女性已經被男性看見其醜惡的樣貌，代表補償已經在神話的層級發生。換句話說，日本神話中的母神形象並不完美，不像西方的父神那樣屬於至高無上的存在。女神的醜惡，呈現的是自身本具的陰影。

# 5 傳說與民間故事

前面進行了東方與西方的比較，接著再把話題拉回民間故事中「不能看的房間」。在日本「黃鶯之居」的故事中，觸犯禁忌偷窺房間，所看見的幾乎都是美麗的風景，反之在西方民間故事中，譬如「藍鬍子」，看見的卻是屍體之類的陰森景象。這樣的對比，在民間故事中相當明確，但如果以傳說為對象，狀況就不同了。

接著就來看看因為被改編為能劇而聞名的日本傳說「安達原的鬼婆」。故事是這樣的。有一位僧侶外出旅行，他在抵達「安達原」這個地方時，向一戶人家求宿。這戶人家的女主人將僧侶獨自留在家裡，自己上山撿柴，但她要求僧侶在自己回來之前，不能偷看寢室。這裡也出現了「不能看的房間」的主題。僧侶依照慣例觸犯禁忌，偷窺了房間。結果房間裡有無數人的屍體，景象陰森至極。僧侶因為太過害怕而逃跑，但女人卻化為鬼婆追了上來。最後僧侶靠著誦念經文的力量使鬼婆消失。

這個傳說當中，設下禁忌的是女人，打破禁忌的是男人，這點與「黃鶯之居」相同，但偷窺「不能看的房間」後看見了「屍體」這點，就和「藍鬍子」等西方民間故事一致。這點與在

「黃鶯之居」中，看見自然美景，呈現出明顯的對比。

接著就從這點來看看西方的傳說。

西方的傳說（legend），不同於民間故事，與日本非常相似，其中也有不少故事以悲劇收場。甚至還有只研究西方故事的學者主張，民間故事多以喜劇收場，但傳說卻多半是不幸的結局。不過這個觀點完全不適用於日本民間故事。在德國的傳說當中，水中妖精會化為人類，與人類結婚。這時女妖精也會對男性設下某種禁忌，避免暴露自己的來歷。有些女妖精會對男性設下絕對不能詢問自己來歷的禁忌，如果男性觸犯禁忌問了這個問題，或是自己的來歷被拆穿，女妖精就會拋下丈夫與孩子立刻消失。這樣的情節與日本的故事就很類似。換句話說，日本的傳說故事與西方的傳說故事極為相似。

這點不禁令人產生疑問，既然傳說如此相似，為什麼民間故事會有這麼大的差別呢？話說回來，傳說與民間故事到底有什麼不同呢？關於這些問題的看法，眾說紛紜，但我是這麼想的。傳說透過與特定人物、場所、事物等的連結，將人類無意識的行動凝聚成一個片段的「故事」。至於民間故事雖然也與傳說密切相關，但民間故事的傳承超越時代與地點，流傳得更廣泛也更普遍，而故事就在這段期間受到傳承的文化影響，被有意識地雕琢。因此日本民間故事雖然與西方民間故事擁有共通的主題，但「故事」本身的結構卻出現了差異。

對此，我建立了一個假說。基督信仰的國家在傳說演變成民間故事時，在倫理方面予以雕琢，而日本側重的則是美的雕琢。所以雖然處理的主題都是「不能看的房間」，西方著重的是由此而生的罪、罰、救贖、原諒等等，但日本卻把心思花在呈現更高度的「美」。

在基督信仰的國家當中，犯罪者將遭受懲罰，但也能透過贖罪行為獲得原諒。有勇氣的人將得到獎賞，惡則會滅亡。最後這些倫理觀集大成，產生「結婚」這個喜劇收場的最重要條件。前面也不斷反覆提及到這點。

但結婚在日本的民間故事中沒有那麼重要。譬如在「黃鶯之居」的故事中，男女即使相會，最後依然分離；又譬如「鶴娘子」的故事，即使雙方已經結了婚，女性仍然在故事的最後離去。我認為，這些結局都是為了「美」的呈現。這樣的「美」到底是怎麼一回事呢？接下來將詳細探討這點。

# 6 花娘子

「花娘子[5]」以特殊的故事呈現出日本民間故事中「美」的議題。雖然這個故事在《日本民間故事大成》中，被歸類為「正統新話型八　花娘子」，但目前只有在新潟縣長岡市收集到一個例子，若要詳細探討，尚有待今後的研究。接下來就為各位介紹這個名為「月見草新娘」的故事大意。

某個村子裡住著單身的年輕馬伕，他每天早上都到山上割牧草餵馬，並且用好聽的聲音唱著馬伕之歌。某天晚上，一名「可愛的女孩」想到他家借住一晚，但馬伕因為自己單身又不諳廚藝而拒絕了，但女孩說自己可以做飯，還幫馬伕煮了晚餐。兩人吃完晚餐後，女孩向馬伕求婚，馬伕答應了，兩人從此以後就過著夫妻的生活。某天馬伕在割下的牧草當中，發現了一朵美麗的月見草花，他叫妻子快來看這朵美麗的花，但卻得不到回應。他走進家裡一看，妻子倒在地上。妻子用微弱的聲音說，自己迷上了馬伕的歌聲，所以來找馬伕，希望成為他的新娘，能夠實現願望很開心。她接著又說，自己就是馬伕割下的那朵月見草花精，「既然我已經被割下來，那生命也到了盡頭，至今為止謝謝你」，說完之後她就死了。

這個故事充分展現出日本民間故事中的「美」。馬伕與妻子都沒有惡意，月見草花也很美。但結局卻極為悲涼。而這場悲劇性的死，似乎更加突顯了月見草花的美麗。女孩是月見草花精，遲早會死去。但被這位會對她說「有一朵美麗的花，妳要不要來看看」的溫柔丈夫「奪去生命」，想必不是她的希望。

最後這點或許不能輕易斷言，但總而言之，突然降臨的「死」，使月見草花的美變得更加無可替代是事實。當我們看著月見草花時，存在於其背後的「毀滅」已經深植在我們心中，而這將使月見草花的美變得更完全。

為了讓日本「花娘子」的特徵更加明確，我試著將這個故事與格林童話進行比較。就我所知，格林童話中花朵變身為女性的情節，只出現在「戀人羅蘭」、「紫丁香」與「謎語」這三個故事裡[6]。這裡說的雖然是花朵變身為少女，但這三個故事中的花朵原本都是女性，因為魔法的力量才變身成花，最後又變回女性的樣貌。這與日本民間故事形成明顯的對比。日本的女性原本是花精，而且完全沒有提到關於變身的「魔法」。在日本，人類與其他動物、植物之間的區別，沒有西方那麼明確，變身比較容易發生。而且日本的變身是由植物或動物幻化為人類，但西方卻是人類因「魔法」而變身成動植物，最後再變回**原本的**人類。

不過在「謎語」當中，男性應女性要求折下那朵花的時候，花朵變成了人。在這個故事中也能看見折下花朵這個「死」的主題。但這裡的死是為了隨後的化為人類重生，因此不會讓人感受到「死」本身的沉重。「死」這件事本身，以及伴隨而來的悲傷，在日本民間故事中是一大要素，就這點而言，格林童話與日本大相逕庭。兩者雖然處理的都是女性與花朵的關係，但重點卻放在不同的部分。

日本民間故事的結局，能使聽眾在心裡產生「悲傷」的情緒，這種情緒相當重要。只有知曉這樣的悲傷，在欣賞月見草的時候，才會覺得她的美是完整的。

此外，關於這三則格林童話的介紹在此雖然省略，但這三個故事都以男性與女性的結合收尾。這點也明確顯示出先前提過的東西方差異。在「月見草新娘」中，兩人明明已經結婚了，但最後這樣的關係卻被斬斷。男性完全沒有觸犯任何禁忌或罪過，卻還是發生了這樣的事情。這個例子證明了男女分離的主題在日本民間故事中有多常見。附帶一提，像這種異類新娘的民間故事，經常都是由女性主動求婚。

# 7 完成美與完全美

前面已經討論了日本民間故事中特殊的「美」，但在此想要再探討一下這裡呈現的「美」的性質。接下來將試著根據榮格提出的「完成」（Vollkommenheit）與「完全」（Vollständigkeit）的概念，研究將死或毀滅融入美的形象當中，使美變得更完整的論點。

榮格的這個概念，被使用在論理的意義上。「完成」與「完全」也能翻譯成其他詞彙，但在此就姑且採用這個翻譯。英文採用的翻譯則是「perfection」（完成）與「completeness」（完全）。榮格從小就開始煩惱「惡」的問題，而就在他不斷地思考該如何解決這個問題的過程中，想出了前述「完成」與「完全」的概念。前者是一味排除缺點，直到找不出任何缺點的狀態；後者則是透過包容一切（真要說起來，就是連缺點也包含在內）來獲得完全性。

「完成」的概念高度偏向於男性原則，而猶太、基督信仰正統觀念中的唯一神——「父神」可說是其終極狀態。「完全」的概念則偏向女性原則，包容一切的大母神所體現的就是這樣的概念。追求完成者，必須時常為不完全而煩惱；而追求完全者，則必須經常煩惱缺點的存在。只以完成為目標向前猛衝時，可能會衝進一條死路；但光顧著追求完全時，又必須因為在價值上別無選擇而煩惱。榮格將這樣的概念使用在倫理的面向，透過上述的觀點探討基督信仰者生活在現代的苦惱。

榮格將這個概念使用在倫理上，但我們在此試著走進美的世界，引用他的概念來探討完成美與完全美。所謂的完成美，就是在所有方面都不包含醜惡的美，或者也可以說是沒有缺點的美。相反地，完全美則是刻意將醜惡與缺陷包含在內，藉此讓美變得更完整。

若從「完成－未完成」的層次來掌握「美」的概念，也有人認為在未完成中才看得見美。舉例來說，有一派人基於瑞士藝術史學者坎特納（Joseph Gantner）的未完成美學，主張西方追求的是完成之美，東方追求的則是未完成之美。日本美學家今道友信認為關於這點不能如此輕易下定論[7]，而我也贊同他的主張。舉例來說，因為留白就覺得一張畫尚未完成的想法太過單純。今道的論述認為東方的藝術作品也是完成品；而我則為了突顯西方與東方的差異，姑且將兩者視為完成美與完全美的對比。禪僧打掃庭園後，故意留下一點枯葉是完全美的例子。沒有任何一片落葉的庭園是完成美，適切存在一點落葉的庭園則是完全美。

再回到民間故事的討論。我們或許可以這麼想：西方故事中的男女會在最後結合，透過完全性倫理來補償正統的完成性倫理。日本故事中，倫理觀則退到背後，探究的是美的問題。譬如在「黃鶯之居」中，作者大費周章地呈現了「梅花與黃鶯」的美景，卻仍要透過女性的消失增添悲傷以展現完全美。日本藉由刻意避開「完成」以呈現「完全」的美感，不就使我們不勝唏噓嗎？

不過，日本有正統與異端之分，在這裡是一大問題。西方的神話是正統，而其透過民間故事補完（即使刻意不稱其為異端）神話的模型，能夠直接套用在日本嗎？前面提過的，母性原則並非日本不可撼動的正統原則，因此我認為這樣的模型無法輕易套用在日本。但我們是不是可以把伊邪那岐與伊邪那美的神話勉強當成正統呢？我最先想到的是伊邪那岐從黃泉之國回到人界之後立刻沐浴淨身。如同許多前輩指出，在日本，清淨或汙穢的判斷，優先於善惡的判斷。換言之，清淨的事物即為善。因此沐浴淨身是一件非常重要的事情。當美的判斷以這樣的想法為基礎，與倫理的層次混和，完全潔淨無瑕的完成美，不就成為日本人追求的至高無上的事物嗎？我認為，這或許可說是日本的正統。

這麼一想，民間故事中呈現的完全美就是完成美的補償，與西方的模型一致。但如果實際探討日本的美術，又會覺得如此單純的結論不太適用。

各位讀了結論的部分就能知道，即使經過以上的討論，我依然無法在心中整理出有條理的想法。但我認為，今後不只在日本人的美感方面，在探討日本人的存在時，「完全」與「完成」的概念依然是必須深究的課題，因此斗膽在此試著提出論述。

## 註釋

1 原註：河合隼雄《中空構造日本的深層》（『中空構造日本の深層』）中公叢書，一九八二年。

2 原註：河合隼雄《日本人的傳說與心靈》（『昔話と日本人の心』）岩波書店，一九八二年〔岩波現代文庫〕（中譯版由心靈工坊出版）。本章撰寫的內容承襲自這兩部著作，初次閱讀的人或許會覺得語意不清，關於這點懇請見諒。

3 原註：馬克思・路季〈日本的民間故事有各式各樣的特徵〉（「日本の昔話にはさまざまの特徴がある」）小澤俊夫編《日本人與民間故事》（『日本人と民話』）行政出版社（ぎょうせい），一九七六年。

4 原註：契斯塔夫（K. V. Chistov）〈俄羅斯的讀者為什麼能夠理解日本的民間故事〉（「日本の民話をロシアの読者が理解できるのはなぜだろうか」）小澤俊夫編《日本人與民間故事》（『日本人と民話』）。

5 原註：關敬吾等人編著《日本民間故事大成》（『日本昔話大成』）第七卷，角川書店，一九七七年。

6 原註：這三個故事在格林童話中的編號分別是KHM56、76、160，但岩波文庫出版的日文譯本則分別是62、84、180。

7 原註：今道友信《關於美》（『美について』）講談社現代新書，一九七三年。

第四章

# 日本民間故事中的他界

# 1 他界出現在眼前

民間故事是一種適合講述他界的形式，透過開頭的一句「很久很久以前」，就能把讀者帶到超越時空的世界。因此所有民間故事的內容，甚至都可以說在某種意義上帶著「**他界性**」。

首先為大家介紹「神奇手帕」（《日本民間故事大成》1，一九八A）的故事。在平凡無奇的生活中，某天有一名乞丐來乞討。這時正在織布的主婦覺得乞丐很煩，就把他趕走，但女傭看乞丐可憐，給了他一顆飯糰，乞丐很感激，送給女傭一條手帕當成回禮。女傭拿手帕往臉上一擦，發現自己變美了，她高興得不得了，故事到此結束。像這種在日常空間中自然而然出現非日常存在的故事，正可說是民間故事的拿手好戲。故事中雖然沒有直接提及，但送給女傭神奇手帕的乞丐，明顯來自於在某種意義上被視為「他界」的世界。乞丐有著超越「這個世界」常識的屬性。雖然我們不確定他「從哪裡來，往哪裡去」，但承認某處存在著他所隸屬的某種「他界」，也相當於賦予人類的存在穩固的根基。因為當我們面對自己這個存在「從哪裡來，往哪裡去」的根本問題時，他界的存在也提供了某種答案。換句話說，這個世界的存在，就建立在他界的基礎上。

民間故事生動地告訴我們，日常生活中突然遇到的人，說不定就是來自他界的「稀客」。他界可能會在這個世界中突然出現。

接下來介紹的故事是「不吃飯的妻子」（《大成》二四四）。某位年輕人幻想，如果能娶到一個不吃飯又能幫自己做事的妻子該有多好。結果年輕人的幻想成真，不吃飯的妻子真的出現了。但原來這個女人透過藏在頭髮裡的血盆大口，吃掉了五杯米煮出來的飯糰。她想必也是與「他界」有關的存在吧？來自他界的客人，不會總是帶來好運。不吃飯的妻子藏起來的血盆大口，對這名年輕人而言，應該也是通往他界的入口，他一不小心就會遭女人的大口吞噬。

由此可知，就像本章開頭所說的，在許多民間故事當中，「他界」都會突然出現在日常世界當中。不過民間故事中也存在明確拜訪「他界」的故事，在這些故事裡就描述了他界的樣貌。接下來就透過講述海底之國、地底之國的故事，研究日本民間故事對他界有著什麼樣的理解。我已經在其他著作中，概括性地針對日本民間故事中的他界展開討論，因此接下來的內容有些部分與過去的著作略有重複，懇請讀者見諒。

# 2 海底之國

如果要討論日本民間故事中的他界，任何人都會想到浦島太郎吧？浦島太郎救下的烏龜帶他到海底的龍宮城，他在那裡度過了三年時光。這個海底世界就可解釋為一種他界。浦島太郎的故事分布於日本全國，內容大體上相似。但《風土記》與《萬葉集》中也提到了浦島傳說，這些古老的版本與現在流傳的故事非常不同。我們先試著就現代流傳的民間故事版本進行探討。

浦島太郎這個民間故事的特徵，就是把龍宮城描述成一個極美的地方。關於「他界」的描述，隨著文化的不同而有各式各樣的差異，但把最大的重點擺在「美」，可謂是日本的特徵之一。故事中描述的美，包含了乙姬的女性之美，以及龍宮城的景觀之美。尤其後者，更是符合「他界」的記述，與這個世界相當不同。關於這點，我們也查閱了浦島民間故事的其他版本。

關敬吾等人編纂的《日本民間故事大成》中，收錄了許多版本的「浦島太郎」民間故事（《大成》二二四），這些故事分布於日本各地。其中在福島縣南會津郡收集到的故事中提到，主角「參觀了四季的庭園」。雖然不清楚「四季的庭園」明確代表的是什麼意義，但應該與《御伽草子》中對於龍宮城的描寫有關。根據《御伽草子》的描寫，龍宮城可以同時看見四季不同的景色，這樣的設定相當非現實。

這種對於「他界」的描寫，如實展現出自然之美對日本人而言有多麼重要。在鳥取縣日野郡收集到的故事，也有異曲同工之妙：「浦島太郎參觀了花朵盛開的房間、牡丹盛開的房間、插秧的房間、盂蘭盆舞的房間、祭典的房間、正月的房間」，換句話說，各個房間分別呈現出四季之美。雖然只透過「牡丹盛開的房間」或「插秧的房間」等描述，無從得知這只是單純的房間名稱，還是房間裡掛著描繪這些景色的畫，或者兩者都不是，而是在各個房間中真的能夠看見四季美景的超現實設定，但總而言之，想必大家都認同這裡的描寫強調了四季之美。

浦島故事中的「他界」還有另一個特徵，那就是時間的相對性。浦島在龍宮度過的時間，與這個世界的時間，完全不同。在某個版本中，浦島在龍宮度過的三天，相當於這個世界的三百年，或者也有三年相當於三百年的版本。雖然度過的時間因版本而異，但總而言之，這些故事都告訴我們，浦島在龍宮城的時間體驗，與這個世界的標準並不一致。

在新潟縣見附市也收集到一個極為耐人尋味的版本。某個人拜託村里的人幫他換屋頂，他則趁著這段時間去釣魚。這時出現了一位美女，帶他前往「水底奇蝶國度的極樂世界」[2]，後來他成為美女的丈夫，生下了孩子、孫子、曾孫，甚至玄孫。這時他開始擔心家裡的狀況而返家，結果屋頂還沒修好。這個故事描述的時間體驗與一般的浦島故事相反，在「他界」度過的漫長時間，不過是這個世界彈指間的事情。這個版本讓人聯想到黃粱一夢，但在浦島的故事中卻相當少見。

我們人類在這個世界上，會透過一定標準的時間、空間來定位，而這樣的定位就在我們與其他人見面時，透過指定見面的時間與地點來確認，因此日常生活中的時間與空間對我們而言極為重要。「他界」使用的時間、空間標準與這個世界是相對的，人類卻企圖透過他界的存在來確立自己的存在，這點非常有趣。「他界」的時間體驗與這個世界完全不同，四季之美在那裡同時並存。日本人自古以來就透過這種「他界」的想像在這個世界生根。

## 3 他界的女性

浦島在龍宮城見到的乙姬是美麗的女性。在日本，關於他界的故事中，出現的女性多半年輕美麗，而像在西方故事中常見的巫婆，或是大母神要素強烈的老婆婆就很少登場。住在山裡的山姥也可視為一種他界的存在，但他們的所在較為接近日常世界。至於海底或地底之國等，明顯強調他界性的日本民間故事，就很少出現類似巫婆的角色，這點值得矚目。

日本有一組被歸類為「龍宮童子」（《大成》二二三）的民間故事，和浦島太郎一樣講述海底之國的事情。這些故事中也出現了美女。龍宮童子的故事也有許多版本，但大致來說是這樣的：有一個男人去到龍宮，從乙姬之處得到了一個名叫「十方」的鼻涕小鬼。無論男人許下什麼願望，十方都能為他實現。男人成了富翁，卻開始嫌棄十方的樣貌太寒酸，就把他丟進垃圾箱，結果所有的一切都恢復原狀，男人也回到原本的貧窮狀態，使他不知該如何是好。

「十方」這名鼻涕小鬼的出現，是這個故事最大的特徵，關於這點之後會再提到。浦島太郎與龍宮童子這兩個故事有個共通點，那就是雖然年輕男性都遇到乙姬這樣的美女，卻都沒有與她結婚就回到這個世界，要說不可思議，確實也很不可思議。這點看在西方民間故事研究者的眼裡，似乎更加難以理解。他們經常指出這點做為日本民間故事的特徵[3]。當然，浦島太郎的故事中也有極少數的版本提到「結婚」。譬如在佐賀縣東松浦郡收集到的版本，就有這樣的情節：「雖然乙姬希望浦島成為她的丈夫，但浦島卻表示自己要回去故鄉」。換言之，乙姬姑且算是向浦島求婚，但浦島卻拒絕了。也就是說，即使有求婚的情節，婚姻依然沒有成立。

浦島太郎雖然有許多版本，但都沒有談論到結婚，這點值得矚目。唯一的例外，是在沖繩縣具志川市收集到的版本：「浦島帶著龍宮妻子給的兩個寶箱回家」，從這段描述可以明確看見浦島結婚了。

浦島結婚的版本只在沖繩縣收集到，這件事不禁讓人聯想到，接下來準備介紹的「玉取姬」（《大成》二二七）的故事，收集自鹿兒島縣的沖永良部島，而且類似的故事只存在於鹿兒島、長崎、德島等南方各縣。「玉取姬」描述了與海底之國的女性結婚的故事。這樣的故事發展與浦島太郎大相逕庭，相當耐人尋味，因此接下來將簡單介紹。而其故事的結構，在日本的民間故事當中也較為特殊。

大和於志的加那志和尚對唐的觀津王有恩，於是觀津王便想送他寶珠。觀津王命一位正直又武勇的男子萬秀培帶著這顆寶珠，搭船前往大和。但瓊羅大王（海底淨土之王）想要得到寶珠，命自己的女兒去取來。瓊羅大王的女兒對萬秀培說「請娶我為妻」。萬秀培最初雖然拒絕了，但在瓊羅大王的女兒不斷地糾纏之下，兩人終究還是結為連理。接著瓊羅大王的女兒說，既然我已經成為你的妻子了，就讓我看看你重要的寶珠吧！萬秀培一開始不是很願意，但最後還是讓她看了寶珠的一小部分（雖然「寶珠的一小部分」意義不明）。瓊羅大王的女兒吞下了這一小部分的寶珠，逃回龍宮之王身邊。萬秀培別無他法，只好帶著剩下的寶珠去見加那志和尚，將寶珠送給和尚並說明原由。加那志和尚告訴萬秀培奪回寶珠的方法，後來他與一位名叫伽奈井的溫柔女子結婚，跟她說了寶珠的事情，於是伽奈井潛入瓊羅大王之處，將寶珠偷了回來，但在途中卻因為被鱷魚吃掉一隻腳而死去。萬秀培把寶珠還給加那志和尚，回到唐向觀津王報告。

這是一個耐人尋味的故事，單就這個故事來看，就有好幾個值得深入思考的地方，在此只把焦點放在與龍宮城女性結婚的部分。萬秀培與瓊羅國的公主之間的婚姻，在這個故事中是成立的，但狀況明顯與「浦島太郎」或「龍宮童子」不同。在「玉取姬」的故事中，不是男性造訪海底之國，而是公主來到這個世界。此外，由女性求婚，男性反而沒有積極結婚的意願，也是另一個特徵。這樣的狀況與西方民間故事把結婚當成目標，男性在費盡千辛萬苦之後得到女性，邁向快樂結局的模式完全不同。換言之，玉取姬的故事中雖然提到了結婚，但我們必須說，這裡的結婚與西方民間故事中的結婚，具有不同的意義。

「玉取姬」中出現的公主，透過強硬的求婚實現結婚的目的，但事實上如同大家所知，在古老版本的「浦島太郎」中也看得見這樣的模式。現在流傳的浦島太郎是一般所知的民間故事形式，但其最原始的型態可追溯至《丹後風土記》或《萬葉集》等文獻中所描述的故事。《丹後風土記》中完全沒有提到浦島救下烏龜的情節，只說有一隻五色龜在浦島釣魚時出現，而且這隻烏龜立刻變身為女性，向浦島求婚。這時也請各位注意到，在浦島前往「他界」之前，女性在這個世界出現，表明結婚的意願。

前面已經提過，日本民間故事裡居住在他界的女性不具備大母神特質，但《風土記》中登場的龜姬，卻讓人覺得她會將浦島這名男性捲入、吞噬，形象與大母神接近，而這樣的感覺在「玉取姬」中的公主身上更明顯，吞下寶珠的行為展現的就是大母神的象徵。婚姻在這個故事中，代表的不是男女的結合或對立事物的統合，而是男性被大母神的世界吞噬。

透過這樣的想法可以推測，無論是只有沖繩版本的浦島太郎保留了結婚的情節，還是「玉取姬」的故事只存在於日本南方，都表示或許只有這一帶保留了日本居住在他界的女性形象的原始型態。不過大母神的要素在日本的其他地方就被削弱了，其他地方雖然建構出乙姬形象，但乙姬終究不會被視為結婚對象不是嗎？關於這點仍屬於推測階段，今後希望能有更進一步的探討。

大家都知道，日本民俗學之父柳田國男與民族學學者石田英一郎很早就注意到「龍宮童子」故事中登場的十方，而且還寫下知名論文。柳田提到：「日本的龍宮也與其他國家的不同。神祕蒼海的消息傳達者，幾乎總是一名年輕女性，但她們有時也會抱著不可思議的小童，來到人世間結緣。大海可以說永遠都是日本國民的母之國度[4]。」石田英一郎也注意到這些故事中的「小童」與像是母親的人之間的關係。他們兩人都強調了他界中存在著「相當於母親的人」的特性。

上述兩位學者雖然注意到「母與子」的特性，但「龍宮童子」故事中的年輕女性背後存在著老翁、「玉取姬」的女兒背後也存在著父親，如果考慮到這些故事中的年長男子，或許「祖父－母親－兒子」這種「三位一體」的概念更符合他界的結構。關於這點，我已經在其他著作中討論過[5]，在此略過不提，只再度強調必須注意的部分——相較於基督信仰中存在於天上（或許也算是他界）的三位一體「父－子－聖靈」，日本的三位一體為透過「血脈」相連，具有更重視母性的特徵。這點也可視為探討日本文化時的重要部分。

# 4 地藏淨土

地底世界也是日本民間故事中呈現的他界。講述地底世界的故事則有「地藏淨土」（《大成》一八四）與「鼠淨土」（同一八五）。兩者都分布於日本全國，版本非常多，堪稱日本民間故事的代表。「地藏淨土」的別名為「滾落在地的飯糰」，現在也是一般所熟知的故事。

「地藏淨土」的故事6有兩個特徵，第一個是主角因為飯糰或糰子、豆子等滾進洞裡這種偶然的契機而來到他界，雖然滾進洞裡的食物種類因地方而異。第二個則是故事中出現的人物是老人。這個故事的主角是老人，故事裡有時也不會出現女性。普遍來說，日本民間故事中常有老人出現。這個偶然被帶進他界的老人首先遇到地藏菩薩，接著鬼出現了。

日本民間故事中的「鬼」是一種什麼樣的存在呢？這個問題，三天三夜也回答不完。雖然可視為恐怖的超自然存在，但在這個故事中，鬼會打賭，這點又相當人性化。在「淨土」類型的故事裡，若從鬼與地藏形象的關聯性來切入，就會覺得鬼果然是「死者國度」的居民，或者就是死者本身的體現。畢竟如果把他界當成死者的國度，將鬼與死者畫上等號，也是理所當然的事情。

海底之國強調的是「美」，地底之國強調的則是「恐懼」。話雖如此，老爺爺學雞叫把鬼嚇跑的部分，又相當幽默，這點或許也顯示鬼討厭黎明，果然屬於夜晚。被雞叫嚇得落荒而逃的鬼雖然滑稽，但接著造訪地底國度的「鄰家爺爺」卻被鬼吃掉，由此可知鬼依然相當可怕。

至於「鼠淨土」的故事雖然沒有出現「鬼」的「地藏淨土」那麼可怕，但在不少版本中，「鄰家爺爺」失敗之後就再也出不了洞穴，最後也死在洞穴裡。由此可知，這個故事中的他界，依然被描述為高危險性的場所。

從超脫於這個世界的特徵來看，「他界」在某種意義上應該屬於超現實的世界。日本民間故事的他界可分為「海底之國」與「地底之國」，前者展現了超現實之「美」，後者則描述了超現實的「恐懼」。但造訪前者的主角很少掌握住幸福，反而是造訪後者的主角受到好運眷顧，這點展現出他界的矛盾性，相當耐人尋味。

# 註釋

1 原註：關敬吾等人編著《日本民間故事大成》（『日本昔話大成』）共十二卷，角川書店，一九七八至八〇年。之後簡稱為《大成》。編號為該書的分類編號。

2 譯註：「奇蝶」的原文為さかべっとう，出自介紹雪國風俗景色的《北越雪譜》，指的是雪白的蝴蝶紛飛，彷若花瓣被風吹落一般的美景。

3 原註：參考小澤俊夫編著《日本人與民間故事》（『日本人と民話』）行政出版社（ぎょうせい）。

4 原註：柳田國男〈海神少童〉，《定本柳田國男集》第八卷，筑摩書房，一九六二年。

5 原註：參考河合隼雄《日本人的傳說與心靈》（『昔話と日本人の心』）岩波書店，一九八二年，第八章（中譯版由心靈工坊出版）。

6 譯註：「地藏淨土」的故事大意為一位老爺爺因為飯糰等滾進洞穴裡而進入洞穴。洞穴裡的地藏菩薩吃掉飯糰。地藏為了答謝老爺爺，告訴他學雞叫可以把鬼嚇跑，老爺爺如法炮製，結果鬼以為天亮了而逃跑，留下寶藏，老爺爺就把寶藏帶回家。鄰居的老爺爺看見了也想模仿，結果卻被鬼發現而喪命。

第五章

# 《風土記》與民間故事

# 1 前言

日本是個擁有豐富民間故事的國家。尤其在所謂的先進國家當中，說不定只有日本至今依然可以透過民間故事研究者收集實際流傳下來的故事，取得許多資料。民間故事的研究在最近發展迅速，因此日本開始將許多民間故事的紀錄整理出版。我們學習深度心理學的人蒙受其惠，得到了不少可用於探究日本人內心深層結構的資料。

榮格派在深度心理學當中，更是特別重視民間故事研究的派別，但一直以來的研究都以歐洲民間故事為主，反之，我則以日本民間故事為題材展開研究，藉此分析日本人的心理狀態，並提出必須正視人類心理的多樣性的想法。換句話說，誕生於歐洲的近代自我並非人類心理狀態的唯一正解，人類的心理狀態應該是更加多樣的，譬如日本人的自我特質就是其中之一。我除了闡明日本人的自我特質外，也試著指出每種心理狀態都有其樣貌。關於這個部分，已經在《日本人的傳說與心靈》[1]中討論過，故在此省略。

由此可知，民間故事的研究對日本人的心理研究相當重要，而這些傳承至今的民間故事，都以極為類似傳說、神話或史實的形式，記錄在古代流傳下來的文獻當中。譬如接下來準備介紹的《風土記》當中所記載的丹後國故事「浦嶼子」，就與日本人非常熟悉的民間故事「浦島太郎」類似。事實上，透過各種文獻可以知道，「浦島太郎」的故事在《風土記》之後就隨著時代的變遷而改變，而對這些版本進行比較檢討，也能探究時代的精神變化，相當耐人尋味。若從這個角度切入，調查《風土記》當中有多少內容被當做發展成民間故事的材料，對於今後民間故事的研究應該有所幫助。

在日本中世[2]的口傳故事集中，也能看到許多與民間故事類似的內容。譬如在《宇治拾遺物語》中，就記載了與大家熟知的「稻草富翁」幾乎一模一樣的故事。若仔細探討比較就能發現，有些故事同時存在於《風土記》與口傳故事集；有些故事在兩者之間有著版本上的顯著差異；有些故事雖然記載於《風土記》，但在口傳故事集中卻消失了等等，這許許多多的發現，不僅是研究民間故事的有趣之處，也能在思考日本人的心理隨著時代如何演變時，帶來重要的啟發。

《風土記》是「和銅六年（七一三）奉中央官命，於地方各國廳筆錄編述之所命事項報告公文書[3]」。和銅六年是「《古事記》完成之隔年，《日本書》紀撰進之養老四年之七年前」，因此《風土記》可說是非常古老的文書。雖然當時佛教已經傳入日本，但若比較《風土記》與中世口傳故事的內容，就能發現後者原本收集的是佛教故事，因此受佛教影響強烈，至於《風土記》中的故事則較少受到佛教影響，可視為了解日本人自古以來的想法的寶貴文獻。

《續日本紀》的和銅六年五月甲子條目中，列出下列五項《風土記》必須記載的項目[4]。

(1) 郡鄉之名（地名）以好字（適切的漢字二字）撰寫。
(2) 郡內產物（農工之外的自然採集物）以色目（物產品項）記錄。
(3) 土地（農耕地或可用於農耕之地）的肥沃狀態。
(4) 山川原野（自然地）的名稱由來。
(5) 古老相傳的舊聞異事（口傳故事）。

這些項目當中，以第五項與我們的研究最為有關。雖然無從判斷記載的舊聞異事是史實還是傳說，但只要其內容與特定的土地、人物、事物無關，以「很久很久以前」的形式講述，就會演變成民間故事。榮格派分析師馮．法蘭茲以瑞士鄉村為例，說明實際發生過的現象或傳說逐漸轉變成民間故事的案例[5]，但這想必是世界共通的傾向吧？如果這些口傳故事講述的是「眾神之事」，就會演變成「神話」，因此《風土記》當中可以說充滿了傳說與神話的片段。

即使講述的是神話的片段或特異的事實，也必須符合一定的條件，才能發展成「民間故事」。因此《風土記》中也有一些主題，看似有機會演變成民間故事，但在後來的日本民間故事中，卻沒什麼發展。

反之亦然，日本民間故事也有一些重要的主題，完全沒有出現在《風土記》當中，這點也值得關注。如同先前所說，我認為可以透過這樣的現象，了解日本人的心理狀態與思想如何隨時代演變，因此必須注意。然而《風土記》中保留到現代的內容較少，從中推斷出通論很危險，所以也必須留意態度不能過於武斷。

我已經與日本文學學者中西進及國際日本文化研究中心名譽教授山田慶兒針對《風土記》進行過全盤的討論，並在其他著作中發表6。雖然當時已經就《風土記》與民間故事的關係展開考察，但這次想要發表更詳細的調查結果。我認為這樣的記述，能為今後的民間故事研究帶來幫助。

# 2 民間故事的主題

《風土記》中能夠看到許多可視為民間故事主題的內容，其中也有一些在現在收集到的日本民間故事中沒有太多的發展。但總而言之，接下來將分門別類列出《風土記》中可能發展成民間故事主題的內容，並附上簡單的意見。這些項目的分類方式相當隨意，接下來就從中以《風土記》裡較常見，在民間故事中也屬於重要主題的部分開始介紹。

## 變身

變身，可說是在全世界的民間故事中都能見到的主題。但如果仔細研究，也會發現不同文化或不同時代的變身，都有其各自的特色。《風土記》中也收錄許多變身故事，其中，天鵝變成少女，或是關於蛇的內容，特別重要，數量也特別多，因此將在其他項目中討論。

**男女變身為松樹**（《常陸國風土記》第七三至七五頁[7]在「童子女松原」這個地方，有對年輕男女在嬥歌慶典[8]時親熱到早晨，兩人對此感到羞愧，於是「化成松樹　郎子謂奈美松孃子稱古津松」。這是人類化為松樹的故事。希臘神話中的達芙妮也化為月桂樹，由此可知，人類變身為樹木的故事相對常見。但這兩名年輕人為何羞愧呢？嬥歌慶典時，兩人共處直到早晨是壞事嗎？這個部分我們無從得知。

**神變身為鳥**（《出雲國風土記》第一二九頁）　「神魂命」之女「宇武加比賣命」變身成「法吉鳥」，而法吉鳥「靜坐」之處就是所謂的法吉鄉。人或人的靈魂化身為鳥的故事，幾乎可見於全世界。可惜這裡的記述未提到變身始末，但法吉鳥就是黃鶯，或許民間故事「黃鶯之居」也是由此而來。變身的神是女神，黃鶯果然還是由女性幻化而成。

**烏龜變身為人**（《丹後國風土記》佚文第四七〇至四七五頁）　這就是被當成浦島太郎起源的「浦嶼子」故事。有一位名叫「水江浦嶼子」的男人在海邊釣魚，結果釣到「五色龜」。這隻烏龜化為美女向浦嶼子求婚，兩人於是前往蓬萊山。原本存在的變身主題隨著時代消失，龜姬的形象也分離成烏龜與乙姬，並且還加入「烏龜報恩」這個受佛教故事影響的主題。

若思考廣義的變身，除了人的變身之外，物的「變身」應該也包含在內。其中也包括「石化」現象。關於這些變身的介紹如下。

**琴變身成樟樹**（《肥前國風土記》第三九一頁） 故事講述的是「琴木岡」的由來。琴木岡原本是平原，沒有隆起的丘陵（岡），但景行天皇來到此地時說道「此地之形，必可有岡」，於是就將這裡打造成丘陵。他在丘陵上舉行宴會之後，豎琴於此，琴就變成樟樹了。

**人頭變身成島**（《近江國風土記》佚文第四五九頁） 這是「存疑」的記述。夷服岳（伊吹山）神與其姪女（有一說是「妹妹」）淺井岡比誰比較高。淺井岡一夜之間增高，於是夷服岳神憤而砍下淺井的頭。淺井的頭落入湖中，變成竹生島。

**鏡子變成石頭**（《豐前國風土記》佚文第五一一頁） 這是講述鏡山由來的故事。神功皇后說了「天神地祇為我助福」後，將鏡子安置，這面鏡子於是變成了石頭。

**鱷魚與鯨魚變成石頭**（《壹岐國風土記》佚文第五二七頁） 據說很久以前，被鱷魚追趕的鯨魚逃跑並躲了起來，後來鱷魚與鯨魚都化為石頭，兩者距離一里之遙。

**船變成石頭**（《伊予國風土記》佚文第四九七頁） 以前這裡有一艘名為「熊野」的船，後來這艘船變成了石頭，於是這裡就取名為熊野。

有些例子，與其說是變身，不如說是神明化身，或者甚至可視為神的名字。

**神變成白鹿**（《尾張國風土記》佚文第四四三頁） 聖武天皇之世時，凡海部忍人說，神經常化為白鹿，出現在川嶋神社，於是天皇便下詔奉此神社為天社。

**大神化為鷲**（《攝津國風土記》佚文，參考第四二八頁）　「昔有大神，謂天津鍔，化為鷲止於此山下」。這隻鷲可視為神的化身。神或許為了展現其強大、威儀，而選擇化為鷲的形象。

以上介紹的「物」的「變身」中，有一則是琴變成樟樹，或許琴與樟樹在古代都帶有「神聖感」（Numinöse）吧？《伊賀國風土記》佚文（第四三一頁）中提到，神女常來彈琴，但在被人看見時，神女便丟下琴消失無蹤。後來人們就把她留下來的琴當神祭拜。這則故事雖然被記載為「參考」，仍顯示出琴的神聖力量。琴在後來的日本故事中也發揮了重要的作用，但在民間故事中很少出現。

樟樹是大樹，因此也提供了神聖的形象。上總・下總《風土記》佚文的「參考」中，記載了以下的故事（第四五一頁）。有一棵大楠木，高達數百丈，天皇為其占卜，結果卜出了「天下之大兇事也」的結果，於是天皇便命人把樹砍下。上方的樹枝稱為上總，下方的樹枝稱為下總。故事中說明「總」就是樹枝。此外《播磨國風土記》佚文（第四八三頁）中，有一則普遍為人所知的故事「速鳥」，這也是楠木的故事。這則故事描述砍下大楠木打造一艘名為「速鳥」的船，也展現了楠木的威力。

民間故事中的「木魂女婿」（《日本民間故事大成》9一〇九）也是與速鳥有關的故事類

型，在此想要稍作介紹。這則民間故事講述的也是砍下大樹造舟。這艘木舟，任何人都無法移動，最後靠著一名女孩的力量才使其下水。或許將沿著垂直軸不斷往上生長的大樹砍伐，打造成沿著水平軸行駛的船隻，對古代人而言，就是了不起的「變身」吧！

其次，鏡、鱷、鯨、船等的石化，也屬於「物」的變身。石化這個主題，可說普遍出現在全世界的神話與民間故事裡。石化同時具有帶來永續性的肯定面，與失去生氣、硬化的否定面。而《風土記》中的石化，應該理解成永續性的象徵。

## 天鵝的變身

天鵝變身為少女的故事，廣泛分布於全世界，譬如俄羅斯有名的「天鵝湖」。這或許是因為天鵝純白、優雅的身形，以及從天上出現的屬性，最適合描繪成少女純潔的形象。而日本民間故事「天女娘子」（《大成》一一八），應該也可歸為天鵝少女的故事類型。

《風土記》中也有相當多關於天鵝的記載。天鵝不只會變身為少女，也會變身為其他事物，這些故事一併例舉如下。

**《常陸國風土記》**（第七五至七七頁）　有個名為「白鳥里」的地方。天鵝從天上飛來此地化為少女，「摘石造池，為其築堤，徒積日月，築之壞之，不得作成」，接著吟唱了艱澀難解的詩歌。關於天鵝吟唱的詩歌，有各種不同的解讀，在此不討論。總而言之，後來天鵝飛升上天，再也不復歸來。

**《豐後國風土記》**（三五七頁）　豐後、豐前，昔日合稱豐國。治理此地的菟名手前往中臣村時，天鵝飛來化為麻糬，而麻糬又化為芋艿。菟名手喜將芋艿獻給天皇（景行天皇），天皇曰「此乃天之瑞物，地之豐草」，故將此地賜名為豐國。

**《豐後國風土記》**（第三七三頁）　某地的百姓因闢水田而豐收，奢侈地以麻糬為弓靶，這時麻糬突然化為天鵝往南方飛去。百姓於當年死絕，這塊地也因此荒蕪。

**《山城國風土記》**佚文（第四一九頁，記載為「存疑」）　這個故事講述的是京都伏見稻荷神社的由來。就在以麻糬為靶的時候，被當成靶的麻糬化為天鵝往山峰飛去，所到之處長出稻子（伊禰奈利生），故神社也以「稻荷10」為名。

**《近江國風土記》**佚文（第四五七至四五八頁，記載為「存疑」）　故事發生在近江國伊香小江。「天之八女，俱為白鳥」，從天而降，於水中洗浴。這時有一位名叫伊香刀美的男子，悄悄派白犬盜取天羽衣。年紀最小的天女，衣服被偷走，因此，七位姊姊飛升時，只有她被留下。伊香刀美與天鵝幻化而成的天女結婚，生下兩男兩女。後來母親找出天羽衣，升天而去，伊香刀美遂「獨守空床，吟詠不斷」。

此地種田的居民，製作麻糬為弓靶，這時麻糬化為天鵝飛去。而後此地便逐漸衰敗荒廢。

《豐後國風土記》佚文（第五一四頁，記載為「存疑」）球珠郡有一片廣闊的原野，在此地種田的居民，製作麻糬為弓靶，這時麻糬化為天鵝飛去。而後此地便逐漸衰敗荒廢。

以上就是與天鵝變身有關的故事。首先是天鵝化身為少女的故事，常陸國的故事只有提到天鵝化身為少女，而近江國的故事甚至提到少女與男性結婚，以及偷盜羽衣的情節，與民間故事中的「天女娘子」極為相似。不過民間故事中的少女，從一開始就是天女，並非由天鵝變身。如果要討論鳥類變身為女性的民間故事，或許反而應該提到「鶴娘子」（《大成》一一五）。

《近江國風土記》中，儘管天女一度與男性結婚並生下孩子，最後依然在找出羽衣後離開。民間故事「天女娘子」也有男性尋找消失的女性，最後兩人再度結婚的版本，但在日本民間故事中，不少女性都像「鶴娘子」一樣，即使曾經一度結婚，最後依然消失無蹤。不管是日本的學者，或是其他國家的學者都指出，西方民間故事在實現結婚的目標後，就帶來幸福快樂的結局，但日本民間故事卻經常以悲劇收尾。就這點來說，《丹後國風土記》佚文（第四六六至四六八頁）的「奈具社」也是以悲劇收場的天女故事，雖然沒有出現天鵝，依然值得矚目。

丹後國比治里有一口井，名為「真奈井」，八名天女從天而降，在此洗浴。一對老夫妻見著此情景，悄悄將一名天女的衣裳藏起來。當其他天女翩然飛天時，失去衣裳的天女只好留下來，並在老夫妻的強烈懇求下成為他們的養女。過了十餘載，天女釀酒，這些酒能夠治癒疾病，老夫妻於是將酒賣得高價，不久便成為富人。變得富有的老夫妻對天女說，妳不是我們的孩子，我們只是暫時收留妳，請妳離開。儘管天女抬頭望天哭泣，依然不得不離開家裡。她邊哭邊四處流浪，最後來到「竹野郡船木里奈具村」，說道「此處堪慰我心」，意即這裡能使她心情平靜，於是她就留在這座村子。她死後，村人將她供奉於奈具社，成為豐宇賀能賣命。

這個故事，講述了人類對天女恩將仇報的醜惡。劇作家木下順二將民間故事「鶴娘子」改編為舞台劇「夕鶴」時，描述了男性的貪得無厭，其脈絡或許就源自於「奈具社」。「夕鶴」深深吸引了現代人，可想而知，天鵝少女的故事具有超越時代的魅力。而《風土記》的身影以這樣的形式保留下來，也相當耐人尋味。

其次是天鵝化為麻糬，或麻糬化為天鵝的故事。這樣的聯想，或許源自於天鵝與麻糬都是白色的吧？麻糬化為天鵝飛走的故事，記載於《日本民間故事大成》補遺三二的「麻糬靶」（沖繩縣宮古郡收集）當中。這個故事沒有其他版本，從各方面來看，都很難探討與《風土記》之間的關聯。總而言之，宮古郡流傳著這樣的民間故事這點值得矚目。

在豐國名稱由來的故事中，天鵝展現了變成麻糬，又變成芋艿的奇妙變化。這或許是為了強調，儘管芋艿從土中收成，依然是上天的恩賜。

## 蛇的變身

蛇和天鵝一樣，都是《風土記》中提到的變身動物，而蛇也同樣活躍於世界許多文化的民間故事當中。天鵝主要連結到女性的形象，蛇則具有可以變男也可以變女的特徵。接著就例舉出《風土記》中與蛇有關的故事。

**化身為夜刀神的蛇**（《常陸國風土記》第五五頁）　這個故事將蛇描述為可怕的神。繼體天皇之世，有個名叫箭括氏麻多智的人在葦原開墾新田。這時出現了許多妨礙他的夜刀神。《風土記》中描述「謂蛇為夜刀神，其形蛇身頭角，率引免難時，有見人者，破滅家門，子孫不繼凡」，看來「逃遁時不能看」應該是一種禁忌。但麻多智卻取武器打殺驅逐「乃至山口，標梲置堺堀」，而後說「自此以上，聽為神地，自此以下，須作人田，自今以後，吾為神祝，永代敬祭，冀勿祟勿恨」，並建造神社祭祀。

這是人類對付可怕神祇的典型方法——劃出某種「疆界」，神與人認清彼此的領域，人類祭祀神祇，但也希望神祇不要帶來危害，雙方達成某種妥協。這時如果只強調對方帶來危害的性質，就是必須徹底驅逐的「惡」；反之，如果只承認對方的神性，又會變得只能服從對方的命令。但日本的「神」介於中間，所以能夠與人類達成妥協。民間故事中，人類不會完全驅逐鬼或山姥等異類，多半靠著設下疆界倖免於難，已有許多人認同這種想法源自於《風土記》。

**避隱的「神蛇」**（《常陸國風土記》前述故事的後續）　前面提到的蛇神社故事的後續。到了孝德天皇之世，蛇神社附近修建池塘，結果夜刀神攀上池畔椎木，經時不去，修池者說「令修此池，要在活民，何神誰祇，不從風化」，命令役民見到任何魚蟲之類盡可打殺，於是「神蛇避隱」。這可解釋成「文明開化」的力量驅逐土著神，也可解釋為天皇族驅逐敵對部族。如果用的是土蜘蛛之類明顯屬於部族名稱的稱呼，或許可採後者的解釋，但以「蛇」來講述這個故事，反而具有與動物的蛇印象重疊的特色。

**折角之蛇**（《常陸國風土記》第七七頁）　《風土記》中有時會出現長角的蛇，前述的蛇也是如此。但角的意義與生長之處都不明。這或許是為了展現蛇的強大與可怕吧？接下來的故事，描述的是香島郡「角折濱」的由來。「古有大蛇，欲通東海，堀濱作穴，蛇角折落」，故此地就名為「角折濱」。蛇角折落的故事，該如何解釋呢？我還沒有適合的想法。接下來還介紹了另一個說法，「或曰」倭武天皇（倭武神在《風土記》中經常被稱為天皇）停宿此濱時，為了取得烹調用水，而取鹿角掘土，因角折斷，所以命名為「角折濱」。或許到了這個時候，人們已經難以理解「蛇角」的意義，所以民間故事中沒有再出現長角的蛇。

**蛇女婿的故事**(1)（《常陸國風土記》第七九頁）

蛇以女婿身分登場的故事，在民間故事中記載為「蛇女婿」，有許多版本。至於神話方面，在《古事記》中也有「大三輪主」的故事。《常陸國風土記》中記載的故事，與上述這些故事有著耐人尋味的關聯，因此略做詳細介紹。

茨城里有一對名為努賀毗古與努賀毗咩的兄妹。有個不知名的男子，每夜造訪妹妹的房間，後來妹妹努賀毗咩懷孕並生下一條小蛇。這條小蛇，白天沉默無語，到了晚上卻能與母親說話。努賀毗古與努賀毗咩都相當驚訝，心想這條小蛇或許是「神之子」。他們準備「淨杯」將小蛇放入，一夜之間，小蛇長大到已滿杯中，接著又換較大的容器，小蛇再度長大，重複了三、四次之後，家中已無容器可裝小蛇。於是母親對孩子說「量汝器宇，自知神子，我屬之勢，不可養長，宜從父所在，不合在此者」。孩子雖然難過，依然答道「謹承母命，無敢所辭」，不過孑然一身無人相伴，望請「矜副一小子」。但母親回答，家裡只有你的母親與舅父，沒有人能隨你同往，小蛇雖然感到憤恨，但當下並沒有說什麼，臨別之時，在盛怒之下殺了舅父準備升天而去，母親嚇了一跳，取盆丟向孩子使之無法升天，只好留在這座山峰。

故事中出現兄妹的組合，後來妹妹的丈夫現身，與兄長之間產生矛盾……，不禁讓人聯想到《古事記》中有名的沙本毘古與沙本毘賣的故事。這樣的故事，或許是反映母系社會轉變為父系社會時產生的問題。民間故事中的「蛇女婿」幾乎都遭殺害，但這或許是後代的故事，蛇女婿的原型應該是「神」，就像《古事記》中的大三輪神一樣，而其子也應該被當成具有神性的人類崇敬。《風土記》的故事介於大三輪型神話與蛇女婿型民間故事之間，就這點來看，相當值得注意。

在這個故事中，把蛇之子裝進容器之後，他就會變得愈來愈大，最後母親發現他已經名符其實超越了這個家的「器量」。這段描述相當有趣，但在民間故事中想必是看不到的吧？此外，蛇之子離家時對母親要求「矜副一小子」，類似的情節也很少在其他故事中看到。「小子」的主題雖然隨著母親一起出現，但以這種形式提及，卻很少見，不是嗎？我認為這也是今後必須研究的課題。

蛇女婿的故事(2)（《肥前國風土記》第三九七頁）

大伴狹手彥連搭船前往任那時，弟日姬子登上山峰揮舞披帛（褶）送別，因此這座山峰便被稱為褶振峰。兩人分開五日後，有一名男子每夜前來與弟日姬子共寢，天一亮便立刻離開，這名男子的長相與狹手彥極為相似。弟日姬子覺得可疑，悄悄地將麻線繫在男子衣角，隨麻線尋往，結果在山峰畔沼澤邊發現一條睡著的蛇。其身體為人形，沉入沼底，頭為蛇形，睡臥沼邊，這時蛇頭忽而化為人形說道：

篠原弟姬子耶

伴我共寢一夜時
自放你而歸

弟日姬子的侍女跑回去告訴其家人，一行人尋來此處，但既沒有找到蛇，也沒有找到弟日姬子，只在沼澤底發現人的屍體，於是他們就在山峰南方建造了弟日姬子之墓。

這個故事，試圖用麻線找出丈夫行蹤的部分，與《古事記》的故事相同，但最後卻以悲劇告終。

看了以上這些關於蛇變身的主題後可以發現，故事中雖然出現蛇女婿，卻沒有出現蛇娘子。這或許是因為母系社會採取的是男子前去妻子家裡拜訪的制度，所以從這當中能夠發展出蛇女婿的故事，卻無法發展出蛇娘子的故事，然而殘存至今的《風土記》極少，因此我也不敢斷定。我雖然想過，在比較「蛇女婿」與「蛇娘子」的民間故事時，或許可以假設前者的年代較為古老，但這點也無法確定。

有關變身的考察到此結束，接下來將進入其他主題。《風土記》中關於「夢」的主題特別多，因此接著就讓我們來看看「夢」的部分。

# 3 夢

無論是神話，還是民間故事，都經常提到「夢」。在中世的故事或口傳故事中，夢也是重要的主題。《風土記》中關於夢的故事也很多，接下來就依序介紹。

**啟示夢**(1)（《出雲國風土記》第一八三頁）　宇賀鄉北海濱有一顆名為「腦礒」的岩石，其西方有窟穴，人不得進入，也不知深淺。據傳夢到前往此窟穴附近者必死，於是人們自古以來都稱這裡為黃泉之坂、黃泉之穴。

換句話說，如果夢見自己在這個窟穴附近就一定會死，因此這個窟穴就是「黃泉之坂」（坂為斜坡之意）。雖然這個故事是否應該歸類為「啟示夢」仍有疑問，但我就姑且採取廣義的解釋，將夢如此歸類。

**啟示夢**(2)（《出雲國風土記》第二二七頁）　三澤鄉大穴持命之子阿遲須枳高日子命「御

須髮八握於生，晝夜哭坐之，辭不通」，於是大穴持命祈求在夢裡「告御子之哭由」，後來他就夢見自己與孩子談話。醒來之後，他試著問孩子問題，孩子答曰「御澤」。

孩子說話的夢境成為現實，因此在廣義上也能解釋為「啟示夢」。阿遲須枳高日子命「御須髮八握於生」，光哭卻不說話的描寫，展現了與須佐男命與本牟智和氣之間的關聯性11。

**啟示夢**(3)（《肥前國風土記》第三八三至三八五頁）　姬社鄉山道川一帶有荒神，行路之人多被殺害。人們占卜荒神作祟原因，荒神要求「筑前国宗像郡人，珂是古」建神社祭祀。珂是古告訴荒神，若希望自己祭祀，請給予提示。接著珂是古放幡隨風飛去，結果幡掉落在「御原郡姬社之社」後又飛回來，落於此山道川邊。當晚珂是古夢見臥機（織機的一種）與絡垜（方形框架的紡線工具）朝自己翩然靠近，這時珂是古醒來，知道託夢的是位女神，於是建神社祭祀。從此之後，再也沒有行路人被作祟殺害，人們便稱這裡為姬社。

這個故事也在夢中給予啟示。故事中，因為紡織工具出現而知道神是女性的部分，令人印象深刻。天照大神也在高天原織布，由此可知，紡織或許具有強烈的女性象徵意義。希臘神話中的雅典娜也擅於織布。

**啟示夢**(4)（《尾張國風土記》佚文第四四二頁）　垂仁天皇之子品津別，直到七歲仍不會說話，這時神出現在皇后夢裡，說道：「吾乃多具國神，名曰阿麻乃彌加都比女。吾未得祭祀。若為吾獻祝人，則皇子能言，亦能長壽。」於是皇后謹遵神諭，立社祭之。

這個故事與前面介紹的《出雲國風土記》中「啟示夢(2)」類似，都是透過夢中啟示，得知皇子不會說話的原因。若將這些故事與《古事記》本牟智和氣的故事比較，應該會很有趣，但與本論無關，故在此省略不提。

**夢兆（夢野之鹿）的故事**（《攝津國風土記》佚文第四二二至四二三頁）　故事發生在雄伴郡的夢野這個地方。從前有一隻公鹿住在刀我野，牠的正妻住在夢野，另有一小妾住在淡路國的野嶋。公鹿經常前往野嶋探望小妾。某天，公鹿問正妻：「我昨晚夢到自己背上覆蓋著白雪，並長出芒草，這是什麼徵兆呢？」鹿妻子怨恨丈夫去找小妾，便回答道：「背上長草代表被箭射中，覆蓋白雪是在肉上撒鹽（代表會被人類吃掉）的徵兆。你若前往淡路的野嶋，必遭船夫射殺。」但公鹿依然壓抑不住想要前往淡路的心情，最後也真的遭射殺而死。於是那片田野就被稱為夢野，後來人們相傳「居於刀我野之真牡鹿亦隨夢相」。

這個故事，敘述的不是夢直接帶來的啟示，而是「夢相」，也就是夢的解釋的重要性，而且如何解釋夢境將會影響結果，這點非常耐人尋味。同樣的夢，將因為不同的解釋，而帶來不同的結果，這點在《宇治拾遺物語》伴大納言之夢的故事中也看得到。由此可知，「夢相」對過去的人而言，應該相當重要吧！

《風土記》中關於夢的記載例舉如上，除了一則夢兆之外，其他全部都是關於「啟示夢」的故事，由此可知，古人相當重視夢境。多數故事都是神明託夢，但也有像《攝津國風土記》的「夢兆」那種與神明無關的故事。後者顯示了夢兆的重要性。日本民間故事中，以夢境為主題的故事，有「做夢的孩子」（「夢見小僧」《大成》一五六）與「買夢富翁」（「夢買長者」同一五八）。前者是不管大人怎麼問，孩子都堅決不肯說出自己夢到的重要初夢，因此遭到迫害，但最後終於如夢境一般獲得成功的故事。後者則是夢到好事的人把夢境告訴朋友，最後卻讓買下夢的人成為富翁的故事。這兩則故事帶來的教訓，都是不要輕易把夢境告訴他人。

夢境不應該隨意洩漏給他人。這大概是因為如果不小心被他人「解」出奇怪的意義，事情將會變得難以收拾。買夢之類的故事，在中世紀的口傳故事中，更為常見。由此可以推測，先有把夢境當成神諭，並遵循夢境行動的故事，而後才發展出不經意把夢境洩漏給他人，使夢兆成為問題的故事。

# 4 其他主題

以上討論的是民間故事中常出現，且《風土記》中也記載較多的主題。接下來將從《風土記》裡與民間故事有關，但只出現單篇的主題中，挑選較有趣的內容依次介紹。但順序與《風土記》的記載不同。

**酒泉**（《播磨國風土記》第二六七頁）　景行天皇之世，某座山裡有一窟湧出酒水的山泉，因此這座山就名為酒山。百姓喝了酒泉之後，因酒醉而起爭執，於是酒泉就被掩埋起來。到了天智朝九年（六七〇年）將泉掘出時，泉水仍帶有酒氣。民間故事「酒泉」（《大成》一五四）中，發現酒泉的人成為酒商而致富，《風土記》的酒泉，則因為帶來爭端而遭掩埋。

**《來訪者》**(1)（《常陸國風土記》第三十九至四十一頁）　很久以前，神祖尊（不清楚指的是誰）四處拜訪各地之神，某天他來到駿河的福慈岳時，夕陽即將西下，他便請求福慈神讓他留宿一晚，但福慈神以新穀祭的齋戒為由，拒絕讓神祖尊留宿，神祖尊憤而說道：「汝所居山，生涯之極，冬夏雪霜，冷寒重襲，人民不登，飲食勿奠者。」接著又前往筑波山求宿，筑波神則說，今日雖然舉行新穀祭，但也不敢不奉遵旨。神祖尊開心地唱歌稱讚。後來福慈山便經常下雪而無法攀登；筑波山則總有人們在山上歌舞享樂。

**《來訪者》**(2)（《備後國風土記》佚文第四八八至四八九頁）　這是在日本家喻戶曉的「蘇民將來」的故事。武塔神在日暮時分求宿。富有的弟弟巨旦將來拒絕了，但貧窮的哥哥蘇民將來卻答應讓武塔神留宿。幾年之後，武塔神請蘇民將來的女兒將「茅草圈別在腰上」做為記號，祂把沒有別上茅草圈的人全部殺死。據說後來發生瘟疫，只有蘇民將來的子孫因為在腰上別了茅草圈而倖免於難。

這兩個故事都是好心對待來訪者的人獲得福氣，對來訪者不善的人則遭遇災難。這樣的主題，不僅可以在民間故事「猴子富翁」（《大成》一九七）與「神奇手帕」（《大成》一九八）中看到，在所謂的弘法傳說中也經常出現。蘇民將來的故事中，雖然沒有發展成兄弟間的矛盾，但也講述了兄弟價值觀的對比。

**逃竄譚**（《播磨國風土記》第三三七頁）　故事發生在法太里。讚伎日子與建石命起爭執，讚伎日子落敗逃跑時「以手匍匐而去」，因此這裡就稱為匐田。至於建石命則追到山坡，把自己的「御冠」放在山坡上做為分界，要求讚伎日子從此之後不得踏入此界。

**制定界線**　《風土記》很少提及神話與民間故事經常出現的逃竄譚，但經常提到與之有關的，制定界線，禁止被視為「惡」的事物入侵的故事。這裡的「惡」，有時指的是字面上的「惡者」，但有時也代表「荒神12」。古代日本對於善惡的「惡」，原本就沒有明確的概念。總而言之，古代日本人在面對可怕的對象時，多半採取制定「界線」，尋求雙方共存的態度。類似的例子如下。

**立標梲**　這已經在夜刀神的故事中介紹過了（《常陸國風土記》）。

**以石頭堵住**（《出雲國風土記》第二三一頁）　和爾戀慕玉日女命，溯河而上。玉日女命以石頭堵住河川，和爾見不到所愛之人，只得吞下戀慕之心。這座山就稱為「戀山」。

**將肉串起**（《出雲國風土記》第一〇五頁）　這是一名父親因為女兒被鱷魚吃掉，憤而殺死鱷魚「掛串，立路之垂」的故事。將肉串起，立於路旁，在這個故事中，或許只有復仇的意義，沒有防止再次入侵的意圖，但這是民間故事中常見的主題，姑且一併記錄下來。

**死而復生**(1)（《播磨國風土記》第二七九頁）　很久以前，在繼潮這個地方，有一名女子死去，筑紫國火君等祖「到來復生，仍取之」。意思是使此女復生，並與她結婚，但故事中完全沒有提到復生的原因與方法。

**死而復生**(2)（《伊予國風土記》佚文第四九三頁）　大穴持命試圖讓死去的宿奈毗古那命死而復生，於是將他帶到大分浸泡速見湯，結果宿奈毗古那命活過來後說了一句「真蹔寢哉」，接著就有精神地用力踩踏地面。

死而復生的故事，在日本民間故事中雖然少見，但也不是沒有。尤其宿奈毗古那命復活時說的那句「剛剛睡了一會兒」，感覺很像《日本民間故事大成》一八〇「姊與弟」的故事中，姊姊讓死去的弟弟復活後，他說了一句「早也睡，晚也睡，該是醒來了」於是就爬了起來的部分。民間故事中的復活需要用到「生鞭死鞭」或「救命花」等道具，但《風土記》(1)完全沒有提到，(2)使用的是溫泉。由此可知，民間故事或許做了一些「故事」的加工。

**吹笛女婿**（《山城國風土記》佚文第四一八頁）　這是記載為「參考」的宇治橋姬的故事。宇治橋姬因為孕吐而想吃海帶，她的丈夫於是去到海邊採集，一邊吹笛，結果笛聲得到龍神賞識，被龍神招為女婿。橋姬到海邊尋找丈夫，一名老婦告訴她「那個人已經成為龍神的女婿了，但他忌諱龍宮之火，所以會來這裡吃飯」。後來丈夫來了，兩人談過之後，橋姬哭著與丈夫道別。最後丈夫回來，與橋姬破鏡重圓。

民間故事中的「吹笛女婿」（《大成》一一九），也是男人的笛聲感動天女而與之結婚的故事。雖然《風土記》中迷上笛聲的，不是天女而是龍神，但兩者的特徵都是異界女性受到笛聲吸引。此外，在橋姬的故事中，有個耐人尋味的禁忌——吃下異界之火料理的食物，就無法回到這個世界。可惜故事並未說明男人為什麼能夠回到橋姬身邊。

**巨人**（《常陸國風土記》第七九頁） 從前在大櫛這個地方有個巨人。儘管他的身體在山丘上，手依然可以伸到海邊撿拾大蛤，吃剩的貝殼已經堆成了一座小山。他的足跡長三十餘步、寬二十餘步，尿穴直徑有二十餘步。根據《風土記》的註解，三十步約相當於五十三・五公尺，二十步約相當於三十六公尺。巨人很少在日本民間故事與神話故事中出現，就這點來看，這個故事值得注意。

如果再找找，應該還有其他與民間故事主題有關的內容，但主要內容的介紹就到此為止。接下來就針對《風土記》中可能與民間故事有關的特色進行探討。

# 5《風土記》的特性

就像前面一直提到的，我們已經知道《風土記》中有許多發展成民間故事主題的內容。但我接著想要試著探討民間故事中經常出現，但在《風土記》中卻看不到的主題，藉此了解《風土記》與民間故事的關聯性。

首先，在《風土記》中完全看不到「動物報恩譚」。就像前面提過的，《日本民間故事大成》中，許多異類婚姻都經常提到動物的報恩，相較之下，《風土記》中雖然有天鵝或蛇化身為人，與人類結婚的故事，但完全沒有提到「報恩」的部分。譬如被視為「浦島太郎」原型的《丹後國風土記》「浦嶼子」的故事中，就沒有提到烏龜報恩的內容。這或許是因為「動物報恩譚」是在後世隨著佛教因果報應的觀念一起傳入的故事。

其次是繼母與繼女的故事。這類故事雖然在民間故事中占有相當的數量，但《風土記》中卻完全沒有這樣的內容。《日本民間故事大成》也將這類故事整理成「繼子譚」，其中包含了以「米福粟福」為首的許多故事。在此必須注意的是，「繼子譚」中透過結婚獲得幸福結局的故事比較多。雖然前面曾指出，相較於西方民間故事，日本民間故事中，結婚帶來幸福結局的類型較少，但只有「繼子譚」可說是例外。

此外，這個分類裡也包含與格林童話相似性極高的故事，譬如「沒有手的女孩」。再加上《風土記》中不存在這樣的主題，因此姑且可以推測，「繼子譚」可能是到了後世，才從西方流傳過來的故事，但也不能輕易斷定。因為推斷成書於平安時代[13]初期的《落窪物語》，就是典型繼母與繼女的故事。因此這個問題，將有待今後更進一步的詳細考察，不能草率下判斷。

總而言之，我能夠明確肯定的是，母系社會應該不會發生繼母問題。我在前面已經指出，《風土記》中「蛇女婿的故事(1)」，或許就是從母系社會轉變成父系社會時的故事。但因為尚未變成完全的父系社會，因此可以推測，繼母的故事在《風土記》的時代尚未存在。雖然前面稍微提過的「奈具社」的故事，也讓人覺得是在欺負繼子，但這個故事倒不如說與異界的存在相關，所以將其視為與「鶴娘子」共通的故事較為妥當。

接下來是存在於《風土記》中，在民間故事裡卻找不到的故事，譬如知名的「國引傳說[14]」。這個故事記載於《出雲國風土記》中，由於眾所皆知，在此應該不需要介紹。這是創造國家的故事，神話色彩濃厚，因此想必難以成為民間故事的主題。

《播磨國風土記》記載了「逃妻」的故事。景行天皇拜訪印南別孃，但她卻渡海逃到南毗都麻島，天皇為了見她而追到島上。或許因為當時仍保有男性前往求訪女性的風俗，所以發展出逃妻的故事。或者女性在男性追求時逃跑作態，不立刻答應，是當時的習慣。相較於這個故事中男性積極求婚，女性被動接受的態度，在民間故事的異類婚姻譚中，若女性為異類，幾乎都是女性求婚，男性被動接受，這樣的對比相當耐人尋味。《風土記》中民間故事色彩濃厚的「浦嶼子」中寫道，五色龜變身為美女，前來對嶼子說：「風流之士，獨汎蒼海。不勝近談，就風雲來。」接著又說「垂相談之愛」。她見嶼子猶豫，又繼續說服他道：「賤妾之意，共天地畢，俱日月極。但君奈何，早先許不之意。」龜姬積極的態度，與前面提到的逃妻，形成強烈的對比。

這樣的對比之所以會發生，或許是因為現實生活中的女子一般都像逃妻一樣，所以從幻想的異界中現身的美女都會因為反作用，而強烈具備積極主動的形象。《風土記》中記載的故事有些偏向現實，有些偏向民間故事，但透過故事中女性的形象，就能判斷故事屬於哪種類型。

如同前面提到的，天鵝少女的故事不僅存在於《風土記》裡，也在民間故事中流傳下來，但在中世的佛教口傳故事中卻不存在。而且民間故事將天鵝少女描述成「天女」，天鵝的形象已經逐漸消失。《大成》二一五的「天鵝姊姊」雖然是將天鵝描述成女性的故事，但這個故事收集自鹿兒島縣的沖永良部島，很少分布在其他地區。由此可知，天鵝少女的形象在古代雖然強烈，但在後世卻逐漸淡去。

《古事記》中明確將天鵝描述成倭建命的靈魂象徵。分析心理學家榮格主張，男性的靈魂透過女性形象（他所謂的「阿尼瑪」）展現，而天鵝的少女形象剛好符合這樣的脈絡，因此

《古事記》與《風土記》中描述的天鵝就具備這樣的意義。然而或許受到佛教影響，其形象在中世紀的口傳故事中已消失無蹤。

我曾在討論九相詩繪[15]時，也一併推測佛教或許抹殺了透過女性形象展現的阿尼瑪[16]，而天鵝少女的消失，或許也與之相關。甚至連西方讚頌的浪漫愛情之所以未曾在日本誕生，都可能與佛教有所關聯。不過民間故事依然在某種程度上留下了天鵝少女的痕跡，因此天鵝少女不算是完全消失無蹤，其形象或許依然殘存在各處吧？追溯其演變應該很有趣，希望能留做今後的課題。

以上就是針對《風土記》與民間故事的相關性展開的重重考察。我們現在透過收集累積了不少民間故事，若考慮到佛教在其發展過程中所帶來的變化，就會發現以上考察雖然屬於假說，但仍能從中獲得一定程度的見解。

# 註釋

1 原註：河合隼雄《日本人的傳說與心靈》（『昔話と日本人の心』）岩波書店，一九八二年〔岩波現代文庫〕（中譯版由心靈工坊出版）。

2 譯註：從鎌倉幕府成立到江戶時代開始，約略相當於十二世紀末到十六世紀末。

3 原註：以下有關《風土記》的引用，節錄自日本古典文學大系2《風土記》秋本吉郎校註，岩波書店，一九五八年的「解說」。

4 原註：節錄自前述的「解說」。

5 原註：馮・法蘭茲，氏原寬譯《おとぎ話の心理学》（*An introduction to the psychology of fairy tales*）創元社，一九七九年。

6 原註：中西進・山田慶兒・河合隼雄《以前在琵琶湖可以捕到鯨魚》（『むかし琵琶湖で鯨が捕れた』）潮出版社，一九九一年。

7 原註：這裡列出的頁數，為前述節錄自日本古典文學大系2《風土記》的頁數。

8 譯註：年輕男女在特定時候互唱歌謠求愛。

9 原註：關敬吾等人編著《日本民間故事大成》（『日本昔話大成』）共十二卷，角川書店，一九七八至八〇年。之後簡稱為《大成》。編號為該書的分類編號。

10 譯註：「伊彌奈利」的日文讀音與「稻荷」近似。

11 譯註：這兩尊日本的神，也都以愛哭聞名。

12 譯註：凶暴的神。

13 譯註：八世紀末到十二世紀末。

14 譯註：出雲國的創造神，用繩子將土地拉過來的故事。

15 譯註：描繪屍體腐化的九個過程的繪卷。

16 原註：河合隼雄《高山寺的夢僧：明惠法師的夢境探索之旅》（『明恵　夢を生きる』）京都松柏社，一九八七年〔講談社＋α文庫，中譯版由心靈工坊出版〕。

|第六章|

# 剖析日本民間故事的心理學——以「蛇女婿」與「蛇娘子」為中心

# 1 人類與異類結婚

我在本章想要探討民間故事，而且是「蛇女婿與蛇娘子」這種人類與蛇結婚的故事。這些故事看似與現代社會完全無關，不過就我來看，其實關係密切。我的專長是心理治療，但我研究神話不是為了心理學的應用，也不是業餘的嗜好，而是因為神話研究與我的工作密不可分，研究神話和心理治療幾乎可說是同一件事情。大家活在世上其實都有許多煩惱，譬如孩子出問題、與伴侶離婚了、發生婆媳問題等等，大家來找我諮商的這些問題，都與民間故事有著密切的關係。舉例來說，大家熟知的「糖果屋」的故事裡，有一間糖果餅乾做成的房子。大家或許會覺得，糖果餅乾做成的房子只存在於民間故事，與現代沒有什麼關聯，但現代的孩子在家裡受到寵愛、想吃什麼就有什麼，不就像是住在糖果屋裡一樣嗎？這麼一想，就會覺得糖果屋的比喻非常貼切。

而且開開心心吃掉糖果屋的孩子，自己也差點被巫婆吃了。實際把孩子當成「食物」的人很多，這麼一想就會赫然發現，「糖果屋」的故事已然是現代的故事了。

不過本章想要探討的，不是西方的故事，而是日本的故事。「蛇女婿與蛇娘子」的故事廣泛分布於日本全國，各個版本的故事在細節上有很大的差異。但總而言之，「蛇女婿」的故事大致可以分成「麻線型」與「求水型」這兩種類型。「麻線型」的故事大意如下。有一個來歷不明的男子，每天晚上都潛入女子的閨房。女子想要知道他的真面目，於是悄悄地將綁著麻線的針刺到他身上。等到男子回去之後，女子沿著麻線尋去，發現男子原來是一條蛇。女子聽到蛇說話的聲音，便站在一旁偷聽。女子聽到蛇說，牠很痛苦，針刺在牠的頭上，牠就快死了，但那個女人懷了牠的孩子，等到孩子生下來之後，應該能為牠報仇吧。蛇的父母聽了之後說，但如果在端午節的時候泡菖蒲浴，孩子就會全部死光，要是人類這麼做，不是很傷腦筋嗎？女子聽完之後回到家裡，在端午節時泡菖蒲浴，結果蛇的孩子全部流產死掉了。所以從此之後，人們就有在端午節泡菖蒲浴的習俗。這個故事雖然說的是流產，但如果改成墮胎，也讓人覺得與現在的現象相符。

各位聽了這個故事，或許覺得日本現在已經不會發生女性與來歷不明的男子結婚這種事情了。但我們可以從稍微不同的層次來思考這件事。有些來找我們諮商的人，在結婚兩、三年後，才說他們非離婚不可。這些人最常說的一句話就是「我沒想過老公原來是這樣的人」。結婚三年後，丈夫不再像以前那樣顧慮自己，會在外面喝酒，對自己又踢又打。妻子為了離婚而與夫家談判時，丈夫全家說出來的話都荒謬至極。那些做妻子的對我說「原來我根本沒有看清那家子的真面目」。遇到這樣的人，想必會忍不住覺得「我們根本不是同類！」，或者「他們根本就是蛇族吧！」這麼一說，「蛇女婿」的故事到了現在，也逐漸成為非常貼近現實的事情。

接著來看「蛇娘子」的故事，這類故事的典型例子，就是有一位非常美麗的女性來找男主角，而且全都具有女性主動求婚的特徵。男性答應求婚並與她結婚之後，接下來的故事就有各種不同的發展。最常見的發展是，蛇要求丈夫不能偷看自己生產的樣子。大家熟知的「鶴娘子」也是與「蛇娘子」相似的類型，但鶴不是要求丈夫不能偷看自己生產，而是不能偷看自己織布。總而言之，兩者都是設下禁忌，禁止丈夫窺視某種祕密。然而人性就是愈被禁止愈想看，所以最後祕密通常都會曝光。

總之，丈夫藉著假裝外出，悄悄偷看家裡的狀況，結果「妻子在丈夫外出之後，以為家裡只有她一個人，於是變成一條占滿整間房屋的大蛇，悠悠哉哉地睡覺」。我覺得這樣的妻子似乎很多（笑）。

或者也有再稍微殘忍一點的發展。異類娘子當中，有一類是「狐娘子」，在「狐娘子」的故事裡，孩子看見了母親的尾巴，於是把這件事情告訴父親。在現代，我們常聽到知這類殘忍的例子。譬如孩子忘記帶東西而急急忙忙從學校趕回家，結果發現母親與陌生男子睡在一起。這個例子最後當然以離婚收場。這麼一想就會發現，無論是狐娘子，還是蛇娘子，都不是什麼很久以前的故事。

## 2 童話與自然科學

不過我前面說的其實層次非常淺，我們還可以再思考得更深入一點。接下來為了加深思考層次，我打算拿外國的故事與日本的故事做比較。前面已經先介紹過日本「蛇女婿」故事中的「麻線型」，但「蛇女婿」的故事還有「求水型」。「求水型」的故事是這樣的。有一個父親是農夫，他到田裡巡視時，發現田裡已經快沒水了，於是父親說，只要有人能夠把水引到田裡，就把女兒嫁給他。但把水引到田裡的是一條蛇，牠因此要求娶農夫的女兒。農夫有三個女兒，老大與老二都不願意嫁給蛇，只有小女兒說，既然蛇幫了父親，那我就嫁給牠吧。女兒在出嫁之前，請父親給她一些葫蘆與一些針。她讓插著針的葫蘆浮在水面，要求蛇把這些葫蘆沉到水裡，就在蛇拚命沉下葫蘆時，也被針刺死了。於是蛇被消滅，可喜可賀。這就是日本「求水型蛇女婿」故事的典型例子。

西方也有模式非常相似，但結局卻不相同的知名故事，大家或許已經猜到了，那就是「美女與野獸」。最常見的版本是某位父親有三個女兒。父親外出時，女兒們希望他帶禮物回家，於是父親就為她們摘下某座城堡的花。這時野獸出現了，野獸說，你摘了我的花，如果想活命，就拿女兒來換。父親於是拜託女兒嫁給野獸，大女兒不答應，二女兒也不答應，只有小女兒答應了。到此為止的故事都與日本相同。

而西方的故事與日本的故事有個決定性的差異，那就是在西方的故事中，女兒嫁給野獸之後，憑著她對野獸的愛，讓野獸變回了王子。故事的發展有各種不同的模式，但在多數版本中，女兒都會暫時回家一趟。她回家時通常答應野獸一個禮拜之後就會回來，但卻因為爸爸生病，或是姊姊不想與她分開等種種理由，不斷延遲回去城堡的日期。但最後她依然沒有忘記野獸。她回到城堡後對野獸說，我還是愛你。她一說出這句話，野獸就變回了王子。

野獸雖然是因為被施了魔法而變成野獸，但在魔法解除之後，依然能夠變回人類，並在故事的結尾結婚，過著幸福快樂的日子。但日本的蛇就原本就是蛇，人類把蛇殺了，結局可喜可賀。因此接下來我想要探討兩者之間的差異。

小澤俊夫針對日本的民間故事與西方的民間故事做了不少比較與研究，並且寫了《世界的民間故事》（中公新書，一九七九年）一書，也寫了與外國學者討論的著作。根據小澤先生的說法，相較於歐洲的民間故事經常出現結婚的情節，結婚在日本的民間故事中非常少見。而且日本的民間故事中沒有魔法。換句話說，日本的故事具備某種現實感，譬如蛇開口說話、與人結婚的部分，雖然很像人類，但在被殺的時候，又會讓人赫然發現牠一直都是原本的蛇。又或者人類即使有可能生下蛇的孩子，卻也知道如果不把蛇的孩子流掉會很麻煩。

但在西方民間故事中，魔法可以讓人飛上天，也能讓人瞬間變換樣貌。所以有些嚴肅的學校老師會覺得民間故事不適合說給孩子聽。因為民間故事寫的是天馬行空的幻想，可能會讓孩子脫離現實。譬如孩子可能會幻想只要施個魔法，就能馬上不必考試，有些老師認為這種愚蠢的幻想將妨礙教育，所以不要讓孩子聽民間故事比較好。這是非常膚淺的想法，大概過於嚴肅的人，容易不小心流於膚淺吧（笑），但我還是覺得從這樣的角度來看幻想與現實真的太膚淺了。

我想提出一件事實來反駁，那就是這類魔法童話非常多的歐洲，自然科學反而得到發展；至於覺得蛇就是蛇，把蛇殺死便覺可喜可賀的日本，自然科學就不發達，我認為這件事非常重要。為什麼自然科學只在歐洲國家發展，而且只有日本人能夠早一步引進歐洲國家發達的自然科學呢？這是個重要的問題，與日本人的生活態度有關。現在的日本人雖然過著相當西化的生活，但在人際關係與根本的生活態度方面，依然保有日本傳統的部分。在反省上述情況的時候，就會發現一個問題——現在我所說的那些擁有許多魔法與奇幻故事的國家，與沒有這些的國家，有什麼差別呢？或者換個方式問，在童話故事中非常重視婚姻的國家，與不太重視這點的國家，有什麼差別呢？

婚姻的問題留待之後討論，我們再一次回到蛇的故事。人們對於故事裡的蛇有兩種看法，一種覺得蛇就是蛇，應該要把牠殺掉；另一種覺得蛇將會變成王子。這兩種看法充分展現出蛇的兩面性——可怕的一面與美好的一面。這樣的兩面性，其實經常在日本民間故事中出現。我想應該也有很多人知道，其實「麻線型蛇女婿」的故事，最早可以追溯到日本神話。

《古事記》中崇神天皇的項目裡，有一則三輪大物主的故事。故事中的人名在此省略，總之就是有一名男子，每晚都去找一名美麗的女子。女子把穿上絲線的針別在男子的衣角，沿著絲線尋去，結果發現男子是名為「大物主神」的神明。兩人生下了非常優秀的孩子，而這個孩子又與優秀的人結婚。這個故事與西歐的故事有點相似，卻沒有明言男子是蛇，但男子能鑽洞，還有其他與之類似的情節，所以讓人產生蛇的聯想。男子的真面目是神明，所以令人敬畏，但故事中沒有看見其真身，所以也不存在變身的情節。但故事中明確提到男子給人的感覺非常神聖美好。注意到這點的日本民俗學之父柳田國男認為，「蛇女婿」中的蛇，或許曾經是神吧？但後來神話感逐漸淡去，故事開始出現莫名的現實感，甚至演變成因為害怕而把蛇殺掉。根據柳田國男的說法，「蛇女婿」或許原本是與神明結婚的美好故事，但隨著神性淡去，故事逐漸變成現在的樣貌。而且我前面介紹的「蛇女婿」的民間故事，在日本的分布範圍非常廣，換句話說，這則故事想必能夠打動日本人的心。畢竟如果故事很無趣，應該早就被大家遺忘了，但這則故事依然保留在各地，因此應該是符合日本人的性情吧？

至於也出現在《平家物語》中的緒方三郎傳說，則是介於把蛇當蛇殺掉、以及把蛇當成某種神聖的事物之間的故事。緒方三郎講述的也是蛇在女子懷上牠的孩子之後死去。與「蛇女婿」不同的是，生下來的孩子最後成為英雄。民間故事中也有類似的故事。這類故事也把蛇的孩子視為英雄，給了蛇極高的評價。但這類故事有個重點，那就是雖然重視蛇的孩子，但蛇卻死了。換句話說，為人夫、為人父的角色消失，只有孩子保留下來。

## 3 別離的哀傷

這麼一想就會發現，我在比較「蛇女婿」的故事與現代的具體案例時，也逐漸改變了問題的層次，這時如果再換一個層次，就會發現這個故事也關係到女性對於男性特質事物的接受度。對女性而言，具備男性特質的事物終究還是可怕的吧，如果接受了太多，或許就會開始排斥。但女性在其內在培養出一定程度的男性特質，卻是非常強大的事情，現在許多日本女性的內在都擁有這樣的男性特質，甚至有人為了培養出這樣的特質，而前往聆聽文化演講。所以在探討女性對於男性特質事物的接受度時，西方的情況是接受了完全變身為王子的野獸，但日本的情況則非常矛盾（ambivalence），或者該說是迷惘。雖然因為對方過於神聖而無法接受，但至少可以珍惜牠的孩子。丈夫先另當別論，但如果是生下來的孩子，就可以接受他的男性特質。若非如此，就乾脆殺掉，意即自己完全不接受任何男性特質的事物，以女性的身分活下去。

我覺得這類故事的變化，就像是在描述日本女性不同類型的生活方式。有些日本女性完全排斥男性特質，乾脆將其殺掉，過著可喜可賀的日子。也有人可以稍微接受一些，或者也有人先不論丈夫如何，至少孩子是出色的就一切好說，她們的態度形形色色。我認為在思考「蛇女婿」的問題時，可以採取上述的角度，也可以往內在層面探索，把問題轉換成該如何讓男性特質存在於自己心中。

接著我想透過這樣的角度來看「蛇娘子」。在「蛇娘子」的故事裡，蛇化身為女性向男性求婚，並與男性結婚。過了一陣子，男性觸犯某種禁忌，看見了不該看的事物，蛇也因此離去。離去的部分非常哀傷。而大家熟知的「鶴娘子」，更是把女性別離的哀傷描寫得極為淒美。鶴拔下自己的羽毛織布，卻因為織布的樣子被看見而離開。以這種方式消失的女性，除了「蛇娘子」與「鶴娘子」之外，還有「狐娘子」等各種不同的動物。非常有趣的是，似乎有些動物可以成為妻子，有些則不行。譬如「狸貓娘子」聽起來似乎很合理，我卻幾乎沒有看過這樣的故事。關敬吾老師收集了許多日本民間故事，並將這些故事分類，整理成《日本民間故事大成》（角川書店，一九七八至八〇年）。在這本書裡被歸類為「異類娘子」的，有蛇娘子、蛙娘子、蛤娘子、魚娘子、龍宮娘子、鶴娘子、狐娘子、貓娘子、天人娘子，還有吹笛女婿等等，這所有的故事幾乎都以男女別離收場。

其中只有貓變成人類，與人類結婚的故事以喜劇收場。但這個「貓娘子」的故事只有一個版本，在日本幾乎找不到，所以這個故事似乎有點特別，說不定是某個趕流行的人編造出來的。

看到這些故事不禁讓我覺得，對日本人而言，比起男性與女性結合帶來的「完成」，原本應該「完成」的事物，或許反而因為彼此分離而顯得更加美麗。我想這種別離、消失之美，或許正與日本人的美感有關。

話說回來，由於女性對於自己的離去也感到無可奈何，因此有時在離開之後也會留下恨意。這種留下恨意的故事也不少。譬如某個版本的「蛇娘子」在離去時把眼珠留給孩子，但眼珠卻被想要寶物的大官搶走，或是被村人奪走，蛇娘子於是氣得引發大洪水，把村人全部沖走。從這點來看，離去時的悲傷，以及離去之後的恨意，可說是推動日本人的極大原動力。這兩種情緒在日本文學中似乎發揮了重要的作用。

但這點先放在一邊，如同前面提過的，若從男性接受女性特質，或是女性接受男性特質的角度來看，日本人無論男女，似乎都沒有朝著藉由真正接受異性以帶來統合的方向前進。

這裡再稍微補充一點，男性與女性如果只是在「性」的方面結合並生下孩子，這是所有動物都在做的事情，沒有什麼特別，也不具備什麼重大的意義。但我所說的統合，不只是單純的肉體結合，而是在象徵的層次上，統合「藉由男性表現出來的事物」與「藉由女性表現出來的事物」。這麼一想就會發現，這樣的統合具有非常高度的意義。但日本人在過去卻不太重視這樣的意義。

# 4 日本人的心理狀態

以上這些內容都關係到日本人的心理狀態，但仔細想想，日本神話中不也能看見相同模式的原型嗎？以「蛇女婿」為例，蛇女婿這名男子闖入女子的世界，企圖將她據為己有，但最後卻被殺死，或是被趕跑。如果把重點放在這裡，就會發現這樣的故事與素盞嗚這名男性入侵女性天照統治的高天原，最後卻被制伏、放逐的模式相同。而有趣的是，雖然文獻中沒有明確寫出，但推測天照與素盞嗚之間有孩子。文獻沒有寫到兩人結婚生子，但兩人交換誓約時出現的孩子，最後成為日本天皇家的祖先，因此若以前述模式來說，就可解釋成儘管男性闖入女性的世界，最後還被趕跑，但在這個過程中懷上的孩子卻非常重要。

或者在男性觸犯「不能看」的禁忌的「蛇娘子」的故事中，也能看到伊邪那岐、伊邪那美神話的影子。伊邪那岐前往黃泉之國尋找死去的妻子伊邪那美。當他遇到伊邪那美時，伊邪那美要求他現在還不能看自己，請他再等一下。但伊邪那岐依然點亮火光窺視，結果他看見伊邪那美腐爛的身軀，嚇得落荒而逃。伊邪那美憤而追趕。看見不能看的事物，在這則神話中成為非常重大的問題。

這個故事中出現了一個非常重要的主題：男性不能偷看對女性而言非常重要的事物，或是她們絕對的祕密，因為這些事物雖然重要，卻可能醜陋不堪。男性將因為看見這些事物，使事態急轉直下。女性將因此離去，有些女性在離去時甚至會懷著恨意，而這些恨意將化為原動力，成為在各方面推動日本文化的母體。

舉例來說，前面曾介紹過三輪大物主的故事。這個故事雖然表達了大物主是神之子，不應該否定其身分，而是要珍惜以對，但大物主終究是出雲系統的神。日本神話以天照系統、高天原系統的神為主流，至於素盞嗚或大國主等出雲系統的神則是反主流派。隸屬於反主流派的大物主在這個故事中出現，其子孫也得到重視，或許可以解釋成一度遭到放逐的素盞嗚系統再度回歸。

所以日本有一個非常顯著的特徵——曾被放逐在外的事物將再度進入、回歸群體，使整個群體活化、動搖、更新。這樣的模式經常在日本重複，而我們或許也能將其解釋成，相反的事物，或相異的事物，透過整合產生新的事物。

若從這點切入，再稍微談得抽象一點，我們前面討論的結婚，或許就具有象徵意義。異類婚，也就是人類與蛇結婚、人類與野獸結婚是有意義的。貓與貓結婚、狗與狗結婚是理所當然的事情，是自然現象。但人類與異類的結婚卻並非如此。

人類與異類結婚完全不同於男女結婚，儘管已經先有這樣的認知，兩者還是結為夫妻。如果我們真心想結婚，而不是動物間自然而然的結合，那麼結婚之後發現對方是蛇就想要離婚，就是非常拙劣的處理方法，但如果一開始就知道對方是蛇，也就是原本就知道對方是異類但依然願意結婚，這種情況或許就具有非常高度的象徵意義。

## 5 異類婚與外婚制度[1]

我在探討異類婚時，只把焦點放在心理學的部分，我想各位讀者中偏好社會學觀點的人，應該也會聯想到族內婚與族外婚的制度吧？同族之間結婚非常容易，但如果想要稍微活化團體，就會選擇與異族結婚。捨棄內婚制度，選擇外婚制度，而社會也因此獲得更進一步的發展。若依循這樣的印象，或許就能將異類婚的故事以外婚制度來解釋，而就這層意義而言，也與我在心理層次所探討的內容一致。

這裡再稍微補充一點，小澤俊夫針對這個議題所做的研究當中，有一個部分我覺得非常有趣，那就是歐洲的故事裡存在著魔法與變身。雖然在日本的故事裡，蛇能夠與人對話這點非常像人類，但隨著故事的發展，不知不覺又變回蛇就是蛇，猴子就是猴子的設定。但在巴布亞新幾內亞或阿拉斯加的故事裡，麋鹿與人類結婚、離婚，稀鬆平常，讓人覺得麋鹿與人類完全相同，沒有什麼區別，所以動物與人類之間的連結非常強。至於西方則如先前所說，兩者完全不同。

小澤先生寫道，日本的情況就像是剛好介於兩者之間，而這樣的情況非常少見。就我來看，西方的做法是已經先認知到對方是異類，才試圖與對方結合。至於其他東方國家，則尚未從象徵的角度來看待結婚的問題，覺得既然婚姻是自然發生的行為，那麼對象是麋鹿還是其他的什麼都無所謂。而日本則與西方國家一樣，已經認知到對方是異類了，但接下來採取的動作不是結合，而是排斥、否定。這點無論男女都相同，不過為了方便說明，接下來只把焦點放在女性的部分。總而言之，當我們在看現代女性能夠保留多少自己心裡的男性特質，或是保留且接受心裡的男性特質時，在日本文化方面，女性儘管對這樣的特質有所察覺，卻利用葫蘆與針將其扼殺；反觀歐洲則是大膽接納，這麼一想似乎就能理解。而有趣的是，日本對於男性特質並非完全排斥，因為日本雖然採取排斥的態度，卻非常重視孩子，尤其是男孩。這樣的男孩甚至還成為英雄。那麼日本排斥的是男性特質中的哪個部分呢？日本排斥男女層面的男性，但在父女、母子這種縱向關係方面，男性特質卻能獲得接受。我認為這樣解釋應該也合理。

我雖然一直使用「男性特質」這個曖昧的詞彙，但如果換成心理上的說法，那就是父親與母親不同，父親具有非常嚴厲，或是強大的一面。此外男性還有一個稍微抽象的特徵，那就是相較於一視同仁包容所有事物的女性，男性較擅長切割。男性特質能夠明確地將事物分開思考，譬如你我的不同，或是好壞的差異等等。換句話說，男性特質帶有個體性、明確分割事物，或是建構分割的事物等意義。我想帶有這種意義的男性特質是創造出自然科學的重要因素之一，而日本人或許不太具備這種特質。

但如同先前所說，相較於其他東方或非洲民間故事，日本的民間故事算是比較能夠接受男性特質的。這或許可說是日本文化的特色吧，雖然有某些接近歐洲文化的部分，但也與東方各國相似，然而卻又與兩者都不盡相同。我想民間故事或許也反映出這點。

## 5 排斥男性特質的意義

最後再補充一件非常耐人尋味的事，在「求水型蛇女婿」的某個版本中，把蛇殺死的女性走在路上時，遇見剛好來到此地的大官，最後就與大官結婚，過著幸福快樂的日子。所以我前面雖然說日本幾乎沒有結婚的故事，但其實還是有的。

但這種情況的特徵是，一定要將第一任的蛇丈夫殺死，才能在下一次獲得成功的婚姻，所以我認為這是女性透過再婚獲得幸福的主題。如果從結婚的角度來看，這個故事想要表達的，或許是第一次結婚的對象通常是蛇，能夠順利把蛇殺死的人，下次就能獲得真正的婚姻。由於這是日本的故事，所以編造出把蛇殺死之後與其他人結婚的情節，但如果從心理學的角度來看，這兩任丈夫也可以是同一個人。換句話說，自己在認清對方真面目的不久之後發生了某種變化，兩人終於能夠真正結合。如果以人生來比喻，真正的婚姻或許要到四十歲左右才能真的完成。四十歲之前都是與蛇結婚，四十歲之後才轉變為真正的婚姻。因為到時候還是同樣的對象比較方便，所以最好還是與同一個人離婚再結婚。此外還有另一種想法，如果從非常抽象的角度來看待男性特質，也可以解釋成，說不定日本人在拒絕男性特質之後，或許又以某種有趣的方式再次接受。

## 註釋

1 譯註：早期部落的婚姻規定，只能在自身氏族、文化或群體之外選擇配偶。

｜第七章｜

# 貓的深層世界——民間故事中的貓

這個世界上存在著非常多種動物。這些動物是這個「世界」的一部分，我們人類與動物建立了各種不同的關係，而動物在人類心中也有各自的印象。舉例來說，我們對於狐狸的型態與習性有一定程度的認知，但狐狸在我們心中，同時也具有會變身、幻化，或是狡猾等的印象。從狐狸的角度來看，這根本就只是人類的擅自想像，現在也沒什麼人會相信狐狸真的能夠幻化為人形了吧？但這樣的印象依然難以抹滅。

接下來要介紹的「貓」似乎也一樣。貓是極為常見的動物，我們熟知牠們的真實樣貌，但我們仍對貓懷著許多在某種程度上偏離現實的印象，而這些印象成為建構這個「世界」的要素，發揮了重要的功能。換句話說，人類對貓的印象在某方面也反映出人類的世界觀——這個世界擁有意想不到的多層性，而貓也像這個世界一樣，在人類的「世界」中屬於擁有多層印象的動物。

# 1 令人畏懼的事物

貓對人類而言是平凡無奇的動物，早在埃及時代就被當成寵物飼養，即使到了現代，沒有看過貓的人想必也極為稀少（不過日本最近很多孩子都沒有看過馬）。除非有特別原因，否則應該也不會有什麼人害怕貓，而我們也認為自己對於貓的習性相當了解。但這些似乎都不表示我們就一定「懂貓」。

接下來為大家介紹某個現代人做的關於貓的夢。這個夢來自美國榮格派分析師惠特蒙（Edward C. Whitmont）的報告[1]。做這個夢的人是一位已婚女性，她有幻聽的困擾，總是聽見一個「聲音」命令自己拿刀刺死獨生子。這個幻聽令她非常害怕，因此前來接受分析治療。她做的夢如下。她夢見自己在美術館裡，那裡有一尊貓的石像。這尊石像突然有了生命，貓問她在找什麼。她回答，自己想要知道古代的祕密。於是貓帶她前往地下室，她在那裡看到了一群拿著火把的古代人。這群古代人問她是否真的想要成為他們的同伴，她回答「是的」。接著她就在入教儀式（initiation）中，立下奉獻自己的誓言。

惠特蒙相當重視這位女士在夢中感受到的深刻恐懼。貓的石像帶領她前往地底世界參加入教儀式時，她並不知道那是什麼樣的儀式。她在一無所知的情況下，儘管害怕得發抖，依然決定相信。惠特蒙指出，這或許就是我們現代人最缺乏的感受。

日常世界的貓當然應該不可能說話，石像也不可能擁有生命，只要我們活在這個世上，想必就沒有機會經歷這樣的事情。貓不會說話，石像也不會自己移動，這是毋庸置疑。然而對此深信不疑的自己，以及自己這個存在，又有幾分真實呢？我們對於自己這個人，又有多少程度的了解呢？真要說起來，我們就連自己從哪裡來、要往哪裡去都不知道。當我們從這種不確定的層次來看待這個世界時，就連過去以為確切明白的事情，也都變得不敢肯定了。

美術館展示的貓石像，也是埃及神祇巴絲特（Bast）像吧？巴絲特是貓身或貓頭的月神。或許這位做夢的女性心中長久以來「石化」的部分恢復生命，帶領她進入內心世界更深層的地方。我們現代人誤以為自己了解這個世界的所有現象，畏懼的事物變得極少。這時候她被告知了「殺子」的可能性，這是她完全未曾想過的事情，接著石化的貓自己動起來，對她提出問題。她會感到畏懼也是理所當然，而這樣的畏懼，不就是我們現代人需要的感受嗎？

當我們透過這樣的角度來看貓的時候，出現在人類面前的貓，就成了「令人畏懼的事物」。人類創作的許多文學及藝術作品中，都描繪出貓的這一面。接下來，主要透過介紹貓在民間故事中的形象來剖析其意義。因為民間故事就是藉由民眾的智慧掌握存在於深層的事物，並持續將其銘記下來的紀錄。

## 2 深層的暴露

日本有許多關於貓的傳說與民間故事。首先想為大家介紹「貓之舞」（《日本民間故事大成》[2]二五五）。故事是這樣的。老爺爺與老奶奶養了一隻貓。某天老爺爺出門，只留老奶奶在家，結果老奶奶發現貓在（唱歌）跳舞。貓請老奶奶不要把這件事情告訴任何人。老爺爺回家之後，老奶奶把貓的事情告訴他，但是當老奶奶一說出這件事，貓就把她吃掉了。這個故事在開頭描寫了唱歌跳舞的貓被老奶奶發現，這個部分帶點莫名的幽默感，但結尾卻變得意想不到地可怕。說出祕密的老婆婆，一下子就被貓吞下肚。

現實有時會暴露其深層。但是知道這件事的人，卻必須擁有守住祕密的堅強。如果忍不住說出祕密，跳舞的貓也會搖身一變成為殺人的怪物。兩者的存在是一體兩面。而貓或許就是最適合用來展現這種兩面性的形象。

在日本民間故事「貓與釜蓋」（《大成》二五三AB）及「貓與南瓜」（同二五四）等故事中登場的貓，展現的就是潛藏在人類內心深層，令人畏懼的事物。前者的貓暗中偷窺獵人製作子彈（或是箭矢），一邊數著他做了幾個，令人覺得陰森。後者則是從被殺死的貓屍長出毒南瓜的故事。兩者最後都因為人類的智慧高過貓而得以防患未然，但無論如何，這兩則故事都充分反映出貓的可怕。貓的恨意在死後依然保留了下來。

人類較常將隱藏在深層的存在投射為女性，而非男性。前面介紹的故事也都經常出現將貓與女性連結的暗示。礙於篇幅不得不省略這個部分的考察，有興趣的人可以透過前面介紹的民間故事，以及其他許多類似的故事來確認這點。提到貓與女性的連結，就會讓人聯想到知名的艾盧西斯神祕儀式（Eleusinian Mysteries）。這是與女性有關的神祕儀式，透過貓與女性的連結，就不難理解為何在這個儀式中會透過貓來呈現女性形象。而貓在這裡代表的既是母親，也是少女。

前面介紹的民間故事，說起來描寫的都是女性的負面形象，但民間故事中應該也有透過貓來描寫女性正面形象的例子吧？這樣的民間故事很多，但其典型的例子反而較常出現在西方的故事裡，因此接下來就為大家介紹格林童話中「可憐的磨坊工和小貓」。

一位年老的磨坊老爺爺與三位年輕人在這則故事的開頭登場，呈現格林童話常見的四位男性，缺乏女性的配置。三位年輕人在老爺爺的吩咐下外出尋找馬匹，笨拙又年紀最小的漢斯，被兩位比他大的年輕人遠遠拋在後頭。漢斯遇見了一隻三毛貓，他聽從三毛貓的話，當牠的僕人七年。詳情在此省略，總之最後三毛貓變成一位美麗的公主，與漢斯結婚，兩人從此過著幸福快樂的日子。

這則故事中出現的可愛小貓，與前述日本民間故事中出現的陰森貓咪呈現極大的對比。這隻小貓同樣展現出女性形象，而且不需要童話學者貝特（von Beit）的分析[3]，我們也能猜到牠的形象就是榮格所說的「阿尼瑪」。正如貝特所說，貓在西方民間故事中經常被描述成大母神的形象，但另一方面，貓也會像在這則故事中一樣，展現出充滿魅力的阿尼瑪像。這樣的形象隱藏在我們內心深處，引導我們前往更靈性的世界，而非陰森可怕的世界。

雖然我在前面提過，以貓來展現阿尼瑪的民間故事，在西方較多，但日本民間故事中也有「貓娘子」（《大成》一一七）的故事。這則故事中的貓最後變身為人，與人類結婚過著幸福快樂的日子。這樣的內容，在日本的民間故事中可說是非常特殊[4]，而且類似的故事非常少，少到令人懷疑這是否真是日本自古以來流傳的故事。關於這點可以期待今後更詳細的研究。

## 3 搗蛋鬼

貓所呈現的，不只是女性形象。譬如日本民間故事「貓施主」（《大成》二三〇）的主角雖然也是貓，但故事中就沒有說明貓的性別。看起來多半是公貓，但在這個故事中，貓的性別也不是那麼重要。日本民俗學者福田晃經過仔細的調查，找出許多版本的「貓施主」的故事[5]，詳細探討不同版本的差異雖然很有趣，但很可惜在這裡只能介紹其精華。「貓施主」的故事模式依版本而略有不同，這裡介紹的版本如下。貧窮寺的和尚曾養過一隻貓，這隻貓答應他會回來報恩。後來某位富翁的女兒死去。她的棺材飛到半空中把大家嚇了一跳，其他僧侶誦經都沒有任何效果，但養貓的和尚誦經後，棺材就降落下來。後來就有愈來愈多人成為貧窮寺的施主。這隻貓是虎斑貓，和尚誦唸的經文中有「虎呀啊呀」或是「虎呀虎呀」等段落，呈現出難以言喻的幽默感。

故事裡沒有說明這隻貓用的是什麼樣的把戲，或是什麼樣的咒語讓棺材飛上天，但總而言之，貓用了某種詭計報答從前飼主的恩情卻是事實。貧窮的和尚因此變得富裕，同時就像「虎呀啊呀」的經文所展現的，經文原本應該莊嚴肅穆，但內容卻荒誕不經，形成了明確的價值觀顛倒。由此可知，這隻虎斑貓顯然是個搗蛋鬼，牠發揮的作用又與上一節介紹的貓不同。牠神出鬼沒大顯身手，透過詭計引發意想不到的事件，為日常世界的秩序帶來衝擊。

法國作家夏爾•佩羅的「穿長筒靴的貓」可算得上是以貓為搗蛋鬼的經典故事。這則故事也收錄在格林童話裡，而且在日本也廣為人知。在此省略對故事的考察，總之，穿長筒靴的貓透過一個又一個的詭計大顯身手，正可稱得上是搗蛋鬼的典型。這隻貓明顯是隻公貓。搗蛋鬼一般都是男性，但日本原本就不太講究性別，因此性別只能靠推測得知。

日本有一則名為「貓與老鼠」（《大成》六）的民間故事，而格林童話中也收錄了幾乎一模一樣的「貓和老鼠交朋友」的故事，這點值得注意。到底是兩個國家分別產生了類似的故事，還是故事從一個國家流傳到另一個國家，這是個有趣的問題，但我們在此先擱置這個問題，只看內容。這則故事說的是貓與老鼠成為朋友，但貓沒有經過老鼠同意，就把珍藏起來的食物吃光。老鼠發現之後向貓抗議，結果貓就把老鼠吞下肚了。

這是個令人驚訝無語的故事，有些讀者或許會期待做了壞事的貓將受到某種懲罰，對故事結局感到錯愕。就算他們質疑「這樣真的好嗎？」，但貓吃老鼠，而老鼠不吃貓，會有這樣的結果也是沒辦法的事。這樣的民間故事理所當然地敘述著天經地義的事，但對於覺得惡有惡報才是**理所當然**的人來說，這樣的故事帶給他們強烈的衝擊。而且仔細想想，貓吃老鼠有什麼不對嗎？覺得貓吃老鼠是壞事的人，只要想想自己靠著吃什麼東西過活即可。人類對待牛或雞的方式，比這個故事中貓對老鼠所做的事情更惡質不是嗎？

了解貓的深層，就是了解人類與這個世界的深層。日常世界呈現單層、固定的樣貌，但一隻貓的存在，打破了這樣的日常世界，暴露出其意想不到的深層，讓人看見裡面深不可測的事物。

## 註釋

1 原註：Edward Whitmont, "*Jungian Analysis Today*", Psychology Today, Dec. 1972, pp. 63-72.

2 原註：關敬吾等人編著《日本民間故事大成》（『日本昔話大成』）共十二卷，角川書店，一九七八至八〇年。之後簡稱為《大成》。編號為該書的分類編號。

3 原註：Hedwig von Beit, "*Symbolik des M ärchens*", Franke Verlag, 1952, pp. 355-357.

4 原註：我已經比較過貓娘子與其他異類婚的民間故事，並依此討論貓娘子在日本民間故事中是極為特殊的例子。請參考河合隼雄《日本人的傳說與心靈》（『昔話と日本人の心』）岩波書店，一九八二年（中譯版由心靈工坊出版）。

5 原註：收錄於福田晃〈《貓施主》的傳承與傳播〉（「『猫檀家』の伝承・伝播」）《民間故事的傳播》（『昔話の伝播』）弘文堂，一九七六年。

｜第八章｜

# 民間故事的殘忍性

# 1 殘忍之處在哪裡？

不論是東方或是西方的民間故事，都描述了許多「殘忍的情節」。只要稍微翻閱一下格林童話，就能立刻找出殘忍的場景。譬如在「小紅帽」中，小紅帽被大野狼吞下肚；在「沒有手的女孩」中，父親砍下親生女兒的雙手；在「糖果屋」中，父母為了解決飢餓的問題而拋棄孩子。格林兄弟雖然將「糖果屋」的母親改寫成繼母，但在原版的故事裡卻是親生母親（關於這點，請參考拙作《昔話の深層》福音館書店）[1]。

東方的故事也充滿了殘忍的情節，與西方故事相比，不遑多讓。「喀擦喀擦山」中的狸貓，不僅把老奶奶殺死，還煮成老奶奶湯給老爺爺吃。這段情節過於殘忍，所以很多「喀擦喀擦山」的童書繪本都將這個部分刪去。但有些原始版本的「喀擦喀擦山」在老爺爺喝下老奶奶湯之後就結束了，沒有提到後來兔子幫忙報仇的部分。換句話說，老奶奶湯是這個故事的著眼點，如果把老奶奶湯刪去，故事就無法成立。在「螃蟹與猴子」的故事中，雙方也發生了極為殘忍的交戰，螃蟹被猴子殺掉，小螃蟹為了報仇而把猴子的頭剪下來等等。

類似的例子多到不勝枚舉，但有些人質疑民間故事中的殘忍性，因此在說給孩子聽的時候，擅自將故事改編。話說回來，格林兄弟確實也將「糖果屋」與「白雪公主」中的親生母親改寫為繼母，只不過日本市面上的童書繪本，把內容改編得太過輕描淡寫，不禁令人訝異。譬如原本應該被剪下腦袋的猴子，在改編的故事中卻變成哭著道歉就得到原諒。市面上的繪本很多都以這樣的「和平共處」收尾。關於「改編」的問題我想留待之後討論，在這裡先探討所謂的「殘忍」到底是什麼。那些基於淺薄的「和平」理念而製作出粗糙童書繪本的人，知道孩子的靈魂在讀了、聽了這些淡化處理的故事後，無聊到幾乎要窒息嗎？有些母親「為了孩子好」，而把一些無趣的故事讀給他們聽，這些母親的行為不是與騙老爺爺喝下老奶奶湯的狸貓沒兩樣嗎？大人必須察覺到自己在不知不覺間對孩子做出了多麼殘忍的事情。

如果把民間故事解釋成發生在內心深層之處的真實故事，就會發現民間故事中描述的「殘忍」，就如同家常便飯般發生。嚴格禁止女兒與他人來往的父親，這不是就和「砍下女兒的雙手」一樣嗎？把孩子當成「食物」的父母很多、被封在「水晶棺材」裡的女孩也確實存在。而且孩子為了成長，甚至需要在內在完成「殺父弒母」的儀式。這麼一想就會發現，大人一邊在日常生活中做出「殘忍」的事情，卻又一邊禁止殘忍的故事，或是將其改寫，這樣的行為就像日本在戰爭時對創作內容進行的審查一樣。無論審查多麼嚴格，最後還是會以更愚蠢的形式露出馬腳。

## 2 孩子都知道

前面提到的這些事情，孩子其實都知道得很清楚。但關於這裡的「知道」，必須稍微下點註解。大人一般所謂的「知道」，難免都會過度連結到智能的運作。大人會將新事物融入自己的知識體系，與自己的知識體系相互對照，由此產生「知道」的感受。譬如提到狸貓的時候，大人會對照自己的知識，判斷狸貓是一種動物、與貓差不多大、住在山裡面等等，然後才會說自己「知道」狸貓是什麼。但孩子不一樣，他們對狸貓的反應是全人的，他們知道狸貓單純只是動物不是妖怪，但**同時**也知道狸貓是狡猾、會騙人的傢伙，而且狸貓不只住在山村，也住在都會，甚至住在自己的心裡。孩子的「知」，靠的不是頭腦，而是一種模模糊糊的感受，而且是全人的、有生命的。

當孩子聽到大野狼在可愛的小紅帽面前露出真面目，將她整個吞下肚時，能夠對照自己的經驗，把這件事當成「常有的事情」來體驗。他們也確實能夠透過深入的智慧，看穿很多家庭都經常在晚餐端出「老奶奶湯」。更了不起的是，他們清楚知道這些事情不可能發生於外在的現實當中。大家應該不曾聽說過有哪個孩子在聽了「喀擦喀擦山」的故事後，想要把老奶奶煮成味噌湯吧？也不曾聽說過有哪個孩子在聽了螃蟹與猴子的故事後，試圖拿剪刀把同學的頭剪下來吧？由此可知，大人可以更放心地信賴孩子的智慧。愈是不安的大人，愈無法信賴孩子。很多「為了孩子好」而把殘忍故事改寫成溫和形式的大人，都沒有發現他們之所以會這麼做，是為了減輕自己在面對內在真實時所產生的不安。無論再怎麼試圖矇混，都無法騙過孩子。

前面已經說過，孩子就算聽了殘忍的故事，也不會變得殘忍。那麼完全沒有聽過殘忍故事的孩子，又會變得如何呢？首先可以想到的反應，是孩子自己編造出殘忍的故事。這其實是非常健康的反應，或許也有大人記得自己曾有過這樣的經驗。當父母給的故事全都過於「安全無害」時，孩子就會自己幻想出殘忍的故事，或是從他人之處尋求這樣的殘忍故事。畢竟孩子的靈魂渴求無限的自由。

如果父母給的故事全都過於「安全無害」，而孩子也不具備反彈的能力，並因此被塑造成人為的「好孩子」，那麼這個孩子到了青春期的時候，就會急遽發生反轉現象，對父母施加「殘忍」的暴力。我想各位可以透過最近日本急速增加的家庭暴力事件充分了解到這件事情。孩子聽到「殘忍」的故事時，可以知道這是發生在內心世界的事情，並且將其意義內化為自己的一部分，所以他們就不再需要做出殘忍的舉動。但是對於殘忍沒有任何免疫力的孩子，最後將成為殘忍的犧牲品。

## 3 說故事的意義

肯定民間故事中的殘忍，不代表肯定「殘忍」本身。但民間故事中的殘忍，真的如同前面所說的，完全不會刺激孩子的殘忍性嗎？關於這點，我還是必須指出「說故事的方法」，以及「說故事者」的重要性。外在的真實即使是透過書本也能清楚傳達，但是想要清楚傳達內在的真實，只能透過人與人，或是人的靈魂與靈魂的直接對話。所以民間故事只有透過「口耳相傳」才能發揮最大的效果。如果說故事的人已經如同前述一般，明確知道殘忍性的意義，那麼不管他說的故事有多麼殘忍，都不會發生問題。這裡的「知道」，指的也是全人意義上的「知」。

民間故事只有透過人與人之間的口耳相傳，才能傳達內在的真實。因為孩子即使被故事中的殘忍與可怕嚇得尖叫，也能以存在於人與人之間的人際關係為基礎，消化聽故事時的恐怖體驗，將其內化成自己的一部分。那麼如果把民間故事寫成書，又會如何呢？民間故事原本應該是口耳相傳的內容，不是閱讀的內容。但如果孩子能夠在閱讀之前獲得支持自己存在的良好人際關係，我想他們即使自己閱讀故事，也彷彿能夠聽見「說故事的聲音」。正因為民間故事是經過漫長歲月形成的內容，所以才具有極高的普遍性，具備某種能在心底深處產生共鳴的性質。但如果孩子在人際關係上沒有前述穩定的根基，就可能在閱讀民間故事的時候，被強烈的不安襲擊，繼而受到不良的影響。將民間故事寫成書，已經有點困難了，畫成繪本或是做成電視節目，更是極為困難的事情。因為繪本或電視節目在孩子聽到故事、建立自己內在現實的印象之前，就已經給了他們來自外部的影像，而這些影像將成為一種外在現實。因此製作民間故事的繪本，需要仔細的考量與相當程度的技術。理想的繪本不能灌輸孩子既定的印象，而是要幫助孩子將他們的印象擴充得更加豐富。但到底有多少製作民間故事繪本的人，擁有這樣的自覺呢？

適合電視的題材，要多少有多少，想要多少符合新時代的故事，都能創作得出來，完全沒有必要將民間故事製成影像。這麼做反而只會破壞孩子好不容易創造出來的、充滿個性的世界吧？讓孩子在電視上看到民間故事中的殘忍場景，想必也只會帶來壞處。但是話說回來，現在又有多少說故事的人，有能力把民間故事中的殘忍，當成真正有意義的內容說給孩子聽呢？

## 註釋

1 譯註：河合隼雄《童話心理學：從榮格心理學看格林童話裡的真實人性》（『昔話の深層』）福音館書店。中譯版由遠流出版。

|第九章|

# 夢與民間故事

# 1 夢

首先必須聲明，我不是研究民間故事的專家。我是隸屬於瑞士分析心理學者C・G・榮格學派的心理分析師，專精於心理治療。我在治療時會運用夢境解析的技巧，以了解人類無意識的心理過程。我會透過解析患者報告的夢境來了解患者的內心世界。這時難免會注意到，許多從夢境當中產生的主題，與自古以來存在的民間故事的主題有著高度的類似性。或者倒不如說，這種類似性不應該只存在於夢境與民間故事之間，也存在於我們認為投射出個人無意識的白日夢、幻想、幻視與妄想等心理活動，以及超越個人層次，屬於群體共有的神話與傳說等故事之中。我認為這樣的類似性當中，存在著解決人類問題的關鍵。

展開抽象的討論之前，先舉一個例子，或許更容易開啟話題，因此接下來為大家介紹我的夢境分析案例。做這個夢的是歐洲人，年齡在二十到三十歲之間，是一名年輕的單身女性。治療的時候，我請她記錄夢境並帶來，但她說自己不僅對夢境不感興趣，甚至很少做夢——這麼說的人非常多——但我還是叮嚀她，總之有做夢就記下來。而她做了以下這個連自己都感到驚訝的夢。

**夢**「開頭的部分並不鮮明。大概是我男友準備與某人交換協議，但我察覺對方是魔法師，於是告訴男友這個協議不能簽。接著我們就去見那些人，準備把協議書還給他們。我們約在鎮上像是市場的地方，把協議書交給他們其中一人。結果那個魔法師把一種像是白色粉末的東西撒在文件上。他撒完後就嘲笑似地看著我，這時我突然發現自己似乎上了他們的當。我開始覺得害怕，打算與男友一起逃跑，但是到處都找不到他。我心想他身上說不定已經發生了某種變化，因此開始慌張地尋找他的蹤跡。就在我尋找的時候，魔法師與周圍的人離開了。魔法師完全改變了他們的樣貌，所以我已經分不出到底誰是魔法師、誰是普通人。我追著三個人，追上去之後窺看他們的臉。這些人完全面無表情地瞥了我一眼，但我不知道他們是誰。於是我攤開那個撒白粉的男人還給我的協議書，看了之後發現內容完全改變了。協議書是兩張以打字機打上字的紙，內容由幾個段落組成。我開始讀上面的內容。協議書上寫著，我必須出發尋找我男友。我無法正確回憶起紙上寫了什麼，但總之就是我在尋找男友時有許多禁忌。我可以想起其中一項我必須接受的懲罰，那就是有一隻大黑狗將追上來咬住我的腿往後扯。協議書上也畫著懲罰的圖，那是一張想要逃跑的人被大黑狗咬住腿的畫。我邊走在路上，邊繼續往下讀。我心想，一定有方法可以讓我既能保住自己的腿，又能救出男友，而我必須找出這個方法。突然，有一個男人說他也想看看這份文件。我拒絕他，因為這是祕密。但他執意要看。我仔細觀察他的臉。他的眼睛是藍色的，而且臉色泛紅，表情陰沉。我察覺他是惡魔，但他或許能幫助我找到男友。我對他說，如果他能答應不把這樣的『魔力』——我指著那張紙給他看——用在我身上，而是用在魔法師身上，並且為我帶來幫助，那麼讓他看看協議書也無妨。雖然我這麼說，但我心想他是『謊言之父』，不保證能夠遵守約定，與他交易想必不是什麼明智之舉。但我也覺得他是唯一能夠幫助我的人，因此我決定一試。我再一次重複我的要求。我與他說話的時候，他的大小不斷改變，有時候——剛開始說話的時候——遠比我小得多，我必須俯視他，但接下來他又變得遠比我高大，我必須仰頭才能看見他的臉。接下來他又開始變小，就在他反覆變大變小的時候，鬧鐘響起，我也醒了過來。」

這個夢境有點長，但在此全文引用沒有省略。我想任何人都能清楚看出這個夢境所具備的「民間故事」特質。做夢的本人也一樣，她很驚訝自己會夢到這樣的內容。因為她是個務實的人，對於「荒誕無稽」的民間故事沒有太大的興趣。但如果要從這個夢境中挑出民間故事經常出現的主題，那麼光是主要的主題就有好幾個。首先，「協議」或「約定」是民間故事擅長處理的主題，民間故事裡的人物多半像這個夢境一樣，因為與來歷不明的人締結契約，導致日後陷入困境。他們見面的「市場」，是個各式各樣的人「邂逅」的空間，具有極高的象徵性。我們在那裡遇見許多人，雖然直到最後都無法分辨他們是魔法師還是普通人，但這個「分辨」也是民間故事裡常有的主題。此外全世界想必有不計其數的民間故事，講述的都是尋找消失的戀人，以及伴隨而來的贖罪吧？還有她在尋找魔法師的時候突然出現的「三個人」，若要仔細探究，也能提供無限的討論，即使只是稍微翻閱一下格林童話，想必也能找到許多以「三人」為題的故事。此外還有為了幫助戀人而現身的惡魔、要不要在惡魔身上賭一把的猶豫與決心，以及最後還出現對方可自由變化大小的主題。不過可惜的是，這個「故事」與民間故事不同，最後因為鬧鐘響起而中斷。

這裡想要探討的，不是夢境的解析，因此首先只要透過這個夢境，體驗夢與民間故事的類似性就已經足夠。接下來就試著透過夢境與民間故事的關聯性，探討這樣的夢境是如何創造出來的。

## 2 補償機能

看完這個例子之後，我必須聲明，像這種民間故事色彩強烈的戲劇化夢境，其實很少見，這樣的夢境相當於榮格所說的「初始之夢」（initial dream）[1]。很多人的初期夢都相當戲劇化，經常出現民間故事性的主題，關於這點，留待之後討論。以下的例子，才是典型的日常夢境。某個中學生夢見「早上不小心睡過頭，九點多才起床。因為上學遲到了而慌忙走進餐廳，結果母親笑著對自己說：『你真能睡呢，睡覺有益健康喔』。」他聽了之後嚇了一跳，因為母親的反應與平時完全相反，彷彿就像鼓勵他睡過頭一樣。一般人也經常會夢到這樣的夢境，因此想必能夠感同身受。

無論是人類的行為，還是圍繞著行為的現象，本來就具有極為多重的意義。早上睡過頭，可以看成導致遲到的壞事，但或許也能解釋成「有益健康」的好事。更重要的是，這位少年在情感上偏向肯定睡過頭。然而我們人類只要生活在社會上，就需要某種統一的規範，並且必須透過割捨某個面向的解釋來徹底遵守這樣的規範。如果這位中學生在意識上完全接受這樣的規範，那麼至少在他的意識內就不會產生問題。然而，他沒有意識到的內心作用卻產生了補償的傾向。換句話說，人在內心會尋求透過某種作用，達到更整體性的統合，包含意識與無意識的統合。這時無意識的心理作用，就會趁著睡眠當中意識的控制減弱的時候，浮現於意識當中，形成了夢的片段。

一名中學生的意識補償作用化為夢境誕生，而這樣的夢境也會讓其他中學生產生共鳴。因為其他中學生也擁有與他類似的意識狀態。當他把自己的夢境告訴同學時，想必許多同學都會對這樣的夢境感興趣。「鼓勵睡過頭的母親」的形象，撫慰了眾少年的內心，這時「故事」就朝著傳說更加邁進一步。換句話說，這個故事逐漸與「A同學的母親……」這個特定人物產生連結，變得令中學生更加難忘。以下這首「鵝媽媽童謠」也反映出睡過頭這件簡單的事情，有多麼能夠打動人心[2]。

艾希瑪莉生來嬌氣，
叫她餵豬她也不起，
賴床賴到八九點，
艾希瑪莉是個懶小姐。

這樣一首簡單的歌謠，被許多人傳唱超過兩百年，這代表什麼意義呢？實際上人們每天都必須早起工作，卻又覺得這首歌謠打動了心底某處，而對其喜愛無比。一般人從來沒想過歌謠中傳唱的艾希瑪莉是個什麼樣的人物，因為艾希瑪莉早已超脫某個時代或地點，逐漸成為某種存在於所有人內心的代表性傾向。這些根植於人心的事物，超越了時空的限制。所以「很久很久以前，在某個地方」這種民間故事共通的講述方式，正可說是最適合表現這類事物的形式。這麼一想，也不難理解為什麼民間故事中會存在著許多比睡懶覺還「懶」的故事。而且這些故事講述的不只是懶人的有趣之處，甚至還發展出懶人的成功。我已經在其他地方討論過懶人在民間故事中的意義[3]，因此在這裡省略，但我認為這類故事充分展現出民間故事的補償機能。

如同夢境具備個人意識的補償機能，民間故事也具備人類集體文化與規範的補償機能。從這個觀點來看，民間故事的內容與創作的年代及文化關係密切也是理所當然。舉例來說，日本有一則名為「貧窮神」的民間故事[4]。這則故事中提到，某天城主大人的隊伍會邊高聲喊著「迴避迴避」邊通過，這時候只要以秤桿對準轎子裡的城主大人一桿打下，就能成為富翁。而故事裡的人物鼓起勇氣，對準城主大人一棒打下之後，轎子裡真的掉出了許多小判金幣。我在瑞士的榮格研究所報告這則故事時，民間故事研究者馮．法蘭茲告訴我，在瑞士找不到類似的民間故事。因為反抗領主或是民主運動，在瑞士都是**外顯的議題**，不需要透過民間故事來補償。從這個觀點來看待民間故事，也相當耐人尋味。但這裡必須注意的是，我們不能將補償機能想得過於機械化。換句話說，即便某個文化存在著某種外顯的傾向，也不能單純地覺得這個文化中必定存在與這種傾向相反的民間故事。因為即使存在著相反的傾向，外顯的文化應該還是會以某種形式影響這種傾向的發揮。就算是做夢，夢境終究也還是「意識化的內容」，至於那些過於威脅到意識存在的內容，甚至連記住都很困難。

因此，民間故事儘管受制於完成的時代與文化，但也同時具備對於時代與文化的補償性。所以就算是相同的故事，也會隨著時代變遷而一點一滴地改變內容；同樣主題的故事在不同文化的國家，也會產生完全不同的發展。研究這些變化雖然有趣，但另一方面也產生了另一個問題——民間故事在接受這些變化的同時，也以強韌的生命力持續流傳下去，我們該如何看待這件事呢？

# 3 普遍的無意識

前面舉出中學生的夢境做為例子，在這個夢境中，可以看見鼓勵早上睡過頭的母親。另一方面也介紹了關於睡懶覺的「鵝媽媽童謠」，由此可知，這樣的形象超越時代與文化，具有相當的普遍性。

本章開頭舉例的夢境也一樣，女性在夢中與戀人失散，她為了尋找戀人與拯救戀人而吃了不少苦頭，這樣的主題也具有非常高的普遍性。榮格研究了許多人的幻視、妄想與夢境等等，發現其主題與神話、傳說、民間故事等有太多的共通的部分。於是他假設，個人深層的無意識當中，存在著人類共通的普遍無意識。當然，如果在這裡把問題反過來思考，也不禁令人懷疑，該不會是因為多數人在小時候都常聽民間故事，所以才會夢到與故事類似的主題吧？而且幾乎不可能證明某個人做這樣的夢，不是因為他聽過相關民間故事的關係。關於這點雖然無法詳細說明，但榮格已經謹慎地試著提出能夠否定先前經驗的例子來反駁[5]。

接著，就讓我們思來考本章開頭舉例的夢境。做這個夢的女性，實際上在當時正與這位男友同居，但她不想被婚姻綁住。她認為如果有喜歡的男性就與對方同居，要是愛情冷卻就分手，這是最好的方式，並且也身體力行。從理論的角度看，這樣的行為本身沒有任何問題。但她的無意識卻透過這樣的夢境向她傳遞訊息——她與男友失散，而且為了救出男友，必須冒著相當大的危險並竭盡全力，其中包括她的腿可能被黑狗咬斷，或是她可能與惡魔締結契約等等。讓她不惜做出這麼大的犧牲也要救出的戀人形象，在她的心中代表的意義是什麼呢？實際上，她與戀人沒有遇到任何危險，而她也覺得兩人即使分手，也可以分得乾脆。

對人類而言，異性是與自己相異的事物，但人類同時又渴望與異性合而為一。人類透過這樣的結合誕生新的事物，讓種族得以延續。榮格表示，異性形象具有難以抗拒的魅力，卻又永遠都無法理解，因此自古以來就最適合用來表現「人類的靈魂」。相反事物合而為一的主題，是人類永遠的課題。但做這個夢的女性如同前述，她的自我，也就是她在意識認知層面的自己，對於男女關係抱持著理性的想法，並且對此沒有任何疑問。但另一方面，她的無意識又宣告她已經失去這個戀人了。換句話說，如果把她心裡的男友視為她的靈魂形象，而不是現實中的男友，這個夢就宣告著她已經陷入迷失自我靈魂的危機。對於不習慣「靈魂」這種表現的人而言，或許可以改用「她的自我失去與內心深層的接觸」來表達。但是，這代表什麼意義呢？

我們為了安心活下去，必須確認「自己」這個存在具有什麼意義。而為了確認自己的存在，我們首先必須思考自己與外界的關係。我們透過自己在哪裡出生、現在位在哪裡、接下來要往哪裡去等時間及空間的定位，確認自己與外界的關係，讓自己安心。但實際上，我們也必須確認自己在內在的定位。我們到底從哪裡來、將往哪裡去是永遠的問題。我們從母親的胎內出生，最後將往墓場去，這樣的答案不足以讓我們滿足。找出這些問題的答案，就是確認自己在自己內在的定位。時間與空間的尺度無法在內在當中使用。外在文化過於發達而奪去現代人的心，使現代人疏於確認自己在內心世界的存在。換句話說，現代人的自我已經與靈魂分離。我想她的夢境正想指出這點。她一直以來都過著與近代合理主義締結協議的生活，但諷刺的是，我覺得她的夢境或許想要指出「合理主義才是那些魔法師」吧？

前面姑且將內在與外界分開來談，但兩者之間其實有著難以估量的相關性。譬如某個人老家的庭園長著一棵大松樹，某天他回家時發現松樹被砍斷了，他想必將受到某種打擊吧？因為庭園的松樹在他確認自己的存在時也發揮了作用。又譬如我們看見戀人的微笑，也能為內心世界帶來大幅度的變化。但如果想把戀人的微笑傳達給他人，該採取什麼樣的方式才好呢？如果試圖透過完全的外在描述來傳達，或許可以測量她臉部肌肉在微笑時的弛緩度，或是細數她眼角產生的皺紋。但如果除了外在記述之外，也想將看見微笑時的內在經驗融入表現當中，我們就不得不放棄「記述」的方式，而是改成以「故事」的方式傳達。「故事」這種傳達方式，側重於說故事者的內在真實。因為比起我們與戀人的吻持續幾分鐘、嘴唇間的壓力有多大等描述，一個吻就讓沉睡百年的事物全部甦醒的故事，反而更讓人覺得更真實。但可惜的是，說故事者原本不應該在故事中缺席，因為只有將說故事者的全部人格融入故事裡，才能讓人直接感受到故事的內在生命力。但現在透過印刷字體閱讀「故事」的機會遠多於聽故事，因此民間故事的「心」難以傳達，或許也是想當然爾。

講述內在真實的故事，有時也能幫助一個人確認他的自我在內在的定位。當一個故事與某個單一個人的內在深層關係愈緊密，對他人而言也會具有愈高的普遍性。而普遍性愈高，就會愈具備超越時間與空間的存在意義。於是這個故事就會完全符合「很久很久以前，在某個地方……」這種拒絕時空定位的表現形式，即使被時代的浪潮翻弄，也能持續流傳下去，不至於消失無蹤。最後民間故事所**傳講的內容**，將超越單純對意識的補償，成為人類的自我如何在普遍的無意識中紮根，並確認自身存在的體驗。

## 4 夢與民間故事

到此為止所闡述的觀點，呈現的都是夢境與民間故事的高度類似性，但我也經常聽到這樣的反駁：「我沒有做過這種夢。」所以想要稍微討論這個部分。就如同榮格把人分成內傾型與外傾型，世界上確實也存在外傾型的人，他們就連「內在的真實」這樣的字眼都完全無法接受，因此雖然有些人可以對夢境敞開心房，但還是有人不行，這也是無可奈何的事情。儘管如此，我還是必須指出，人們一般來說很難記住夢境，畢竟夢境的性質，在某種意義上與人的自我並不相容，因此人會遺忘夢境也是合情合理。但這個時候，如果存在「分析者」的人格，並決心與自我一同進入無意識的世界探索，事情就會因為這樣的決心而改變。多數情況下，這樣的決心將使這個人過去累積在無意識中的事物，參考當時的狀態整合成一個整體的內容浮現到意識當中，並融合將來的展望生成戲劇化的夢境，而這樣的夢境就是前面提到的初期夢。但是這種夢很少，大部分的夢境依然是與日常生活有關的片段。榮格指出，非近代社會的人經常會區分大夢與小夢。大夢包含紮根於普遍無意識的內容，並且伴隨著對做夢的人而言難以表現的深刻情感體驗。但只要仔細觀察小夢就會發現，其底下也存在著普遍的形象。舉例來說，如果把夢裡鼓勵早上睡過頭的母親，解釋成「不希望兒子醒來的母親」或是「誘使人永遠沉眠的母親」，想必就能帶來相當廣泛的普遍性。

前面提到，夢境的機能是確認自我的存在，從這點來看，夢境與神話的類似性反而較高。神話能夠幫助某個國家或民族確認其做為整體的存在。神話雖然包含根植於普遍無意識的內容，但其目的是為了確立某個國家或民族的整體性，因此也在相當程度上施加了意識的雕琢。因此當國家與文化衰退的時候，神話就會因為失去原本的目的而瓦解，但其具有普遍性的片段，也可能成為民間故事保留下來。或者反過來看，某個根植於普遍無意識的民間故事，也可能在某個時候與某個文化或國家的興盛結合，進而被包裝成神話。至於傳說，則保留了與某個地點或人物的關聯性，沒有切斷與外在現實之間的表面連結，在這樣的情況下發揮與民間故事或神話相同的機能。傳說比民間故事或神話更具備地方性，因為傳說講述的內容關係到的不是確立國家與文化的存在，而是某個地方豪族的存在，或是一棵樹、一顆石頭的存在。但前面也提過，這棵樹或這顆石頭，在某種意義上也與確立某個人類群體的存在有關。

馮・法蘭茲舉出的例子證明[6]，夢境、傳說與民間故事的題材，對一般人而言具有普遍性，因此某個人的夢境體驗發展成民族的祭典儀式，或是傳說轉變為民間故事、民間故事轉變為傳說等，都是合情合理的事。雖然在這當中也會產生故事是否從別處傳來的問題，但透過以上的論述也能理解，即使在其他地方發現類似的故事，也無法斷定這個故事必定流傳自他處。

尤其民間故事不同於神話及傳說，與外界的關聯性薄弱，因此或許具有更強烈的普遍性。從這點來看，我們更應該把民間故事視為普遍無意識作用的投射，而且這麼做也不至於與民間故事其他面向的研究完全不相容。譬如關於民間故事的某個內容或主題等外在事實的研究，與我們這種思考內在意義的研究，雖然彼此互補，但也不至於相反。

而關於我們的研究法，最大的問題反而是在，如果我們承認民間故事就是說故事者與聽故事者的內在真實，那麼又該如何將其轉換成「學問」呢？因為無論是考證民間故事的完成年代、尋找類似的版本，還是研究其傳播路線等，總會連結到某種外在事實。畢竟近代學問以客觀事實為基礎，藉由包裝上邏輯實證主義（logical positivism）的外衣來建立其型態，並從中找出其意義。因此這時候如果不與外在事實連結，「學問」就難以成立。然而一味追求客觀事實的研究方法，將扼殺民間故事中難得的「故事性」。這就是存在於民間故事研究中的兩難。當我們「研究」民間故事時，是要死守邏輯實證主義的那條線，側重外在事實，將故事中感受到的真實**留在心底悄悄品味**；還是要把「研究」的重心放在故事的內在真實，但陷入可能偏離研究者之路的危險呢？在本章開頭提到的夢境中，女主角為了從魔法師手上奪回戀人，而試圖借助惡魔力量。這個惡魔代表的或許就是分析師。這位女性一直以來都重視外在事實，過著理性生活，對她來說，重視夢境的人或分析師也許就相當於惡魔，可視為不折不扣的「謊言之父」。如果近代合理主義是魔法師，分析師就是惡魔。而惡魔的大小變幻莫測，正如實展現出她不知道該如何掌握其實際樣貌。我在前面使用過「超越時空的內心定位」這樣的表達方式，但如果不使用時間與空間的尺度，到底該如何定位、確認大小呢?她的夢境最後貼切地反映出這樣的迷惘，而且在找到解答之前，夢就中斷了。我認為這對於「研究」民間故事與心理問題的相關性而言，或許是一個非常重要的問題，但我也只能像這樣指出存在於這當中棘手的兩難，讓這篇稿子結束在這個懸而未決的問題上。

## 註釋

1 原註：關於初始之夢的重要性，參考C. G. Jung, "*The Practical Use of Dream-Analysis*", in The Collected Works of C. G. Jung, vol. 16, Pantheon Books, 1958.

2 原註：谷川俊太郎譯《鵝媽媽童謠》（『マザー・グースのうた』）全六卷，草思社，一九七五至七七年。

3 原註：河合隼雄〈懶惰與創造（民間故事的深層4）〉（「怠けと創造〔昔話の深層4〕」）《兒童園地》（『子どもの館』）一九七五年十月號，福音館書店。

4 原註：關敬吾編《一寸法師・螃蟹與猴子・浦島太郎——日本民間故事（III）——》（『一寸法師・さるかに合戦・浦島太郎——日本の昔ばなし（III）——』）岩波文庫，一九五七年。

5 原註：譬如可參考 C. G. Jung, "*The Structure of the Psyche*", in The Collected Works of C. G. Jung, vol.8 Pantheon Books, 1960.

6 原註：M. -L. von Franz, "*An Introduction to the Psychology of Fairy Tales*", Spring Publications, 1970.

| 第十章 |

# 講述邊界體驗——閱讀村上春樹《海邊的卡夫卡》

今天想要談談村上春樹的作品《海邊的卡夫卡》。這是一部充滿意象的作品。首先，書名就很有趣。「海邊」是海與陸地的交界處，而我們立刻就能想到「邊界」，至於「卡夫卡」（kafuka）的漢字也可以寫成「可（ka）．不可（fuka）」，所以也是可與不可的邊界。雖然這有一半是玩笑話，但這本書裡確實出現了各式各樣的邊界。首先是生與死的邊界，接著還有善與惡的邊界、心理學者會聯想到意識與無意識的邊界，以及大人與孩子、神與人、心與物、男與女等各種邊界。我覺得這本書將上述許多兩個世界之間的邊界，描寫得極為出色。

作者為了創作這部作品，必須讓自己持續置身於邊界領域，不能偏向任何一邊的世界。這是一件困難的工作，不僅需要相當的意志力與體力，也需要幽默感才辦得到。作品中出現的難以言喻的幽默感，正是這點的展現。

我認為這是一部偉大的故事小說。有些人會把故事與近代小說分開來看。大致而言，現在的人多半喜歡小說，對於孩子氣的故事則敬謝不敏，但我卻覺得現代小說不怎麼有意思。故事的日文是「物語」，因此可以解釋成講述關於「物」的事情，也可以解釋成「物」所講述的事情。我們一般會將心與物分開來看，但日本的心與物卻沒有太大的分別。我認為故事講述的就是心物分離之前的「物」的事情，或是由心物分離之前的「物」所講述的，比人類更有力的，如同洪流一般令人身不由己的事情。所以我非常喜歡神話故事、民間故事，或是平安時代的故事。閱讀這些故事時，我會覺得人類真的非常沒有份量，只能在物的洪流中載浮載沉。但我們在稱讚現代小說時，常會形容小說把人性寫得多麼好、把主角以及圍繞在主角身邊的人物寫得多麼精妙、多麼栩栩如生，或是把又愛又恨的內心糾葛寫得多麼生動等等。但我覺得上述這些內容，在諮商室已經聽過太多了（笑），不讀也無所謂吧。令我佩服的還是物的洪流，因為只有隨波逐流，身不由己的人，才會來找我們不是嗎？小說生動描寫笨拙求生的人性，這雖然是現代人的特徵，卻又在某部分割捨了物。不少人將物割捨，認為靠著自己的意志，什麼都辦得到。他們想靠自己的意志做一些偉大的事情。這些人覺得故事沒有描寫人性，所以沒意思，但《海邊的卡夫卡》剛好位在兩者的邊界。從小說的角度看，這部作品將人物描寫得生動有趣，但從故事的角度看，也將物的洪流描寫得非常出色。這部作品中甚至還出現「超越人類存在的洪流接觸人類意識」這種神話性的部分。雖然當故事色彩變得濃厚時，人物形象難免看起來扁平，但這也有其必然性。而這部作品又具備了現代小說的特質，因此相當吸引人。

◉

主角是一名十五歲的少年。我認為，如果想要觀察並描寫在我們現代人底下流動的「物」，十五歲是最適合的年齡。如果是一般以十五歲少年為主角的小說，我們的討論應該會側重於這部小說如何描寫、掌握十五歲少年的形象，但我卻覺得這部《海邊的卡夫卡》的主角，並不是這種意義上的主角。大人多半會被常識蒙蔽雙眼，所以很難看得見「物」。但青春期正是容易看見深層之物，或者說是不得不看見、被迫看見深層之物的年齡。這部作品的主角就是這樣一名十五歲的少年，有些東西只有他看得見。這名少年稱自己為田村卡夫卡。

小說從卡夫卡準備在十五歲生日這天離家出走開始。這時出現一名叫做烏鴉的少年，他是十五歲的卡夫卡說話的對象。「卡夫卡」在捷克語中似乎有「烏鴉」的意思，這裡正是一種意象，顯示烏鴉存在於心中，不是真實的人。這本書當中，只有這名叫做烏鴉的少年出現的章節，才在頁面上印有裝飾，其他章節則沒有，顯示只有這章是特別的。除此之外，只有結尾的部分再度出現印上裝飾的章節。我覺得後者有些難以解釋的部分，但也並非所有的一切都得做出解釋不可。

這名十五歲的少年不太與朋友說話，只是一個勁兒鍛鍊自己的身體。小說中有一幕是叫做烏鴉的少年告訴主角「你將成為世界上最強悍的十五歲少年」。我想這代表這本書描寫的不是普通的十五歲少年，而是一名特別的少年，我們可以透過他十五歲的眼睛，看見、體驗日本的「物」。

少年卡夫卡離家出走之後，前往的地方是四國的高松。這裡有一個重要的意象，那就是前往四國時需要過一座橋，那是一座非常大的橋，主角經過這座橋，前往那邊的世界。有一則明確的預言，或者說是命運，成為他離家出走的契機。他的父親總是對他說「你有一天會殺死父親，和母親與姊姊交合」，使他一直以來都背負著這則預言生活。各位應該會想到：「啊，這就是伊底帕斯王的主題嘛！」有些人或許覺得，這是以前聽過的伊底帕斯王的主題化為現代的故事，但這部作品並非如此。在伊底帕斯王的故事中，說出預言的是阿波羅神，聽到神諭的則是父親。但在《海邊的卡夫卡》中，卻是少年自己從父親那裡聽到預言。這個部分完全不同。我想大家都聽過伊底帕斯王的故事，伊底帕斯自己本來不知道有這樣的預言。他在進入青年期之後才得知預言的存在，後來就想要逃離這樣的命運，但他愈是努力逃離，愈是走上命運的道路，最後這則故事就以悲劇告終。

伊底帕斯是有能力的人，既聰明又有力量。但顯然地，他愈是努力想要逃離這個意想不到的預言，愈是逐漸走入這樣的命運。最後伊底帕斯的母親上吊自殺，他也挖出自己的雙眼，整個故事以悲劇收尾。但在《海邊的卡夫卡》這部作品中，少年打從一開始就知道自己的命運，而且是從父親那裡得知。這代表什麼意思呢？這表示過去只有神才知道的事情，靠著神的意志執行的事情，現在卻由人類執行，或者不得不由人類執行。各位覺得這很可怕吧？因為無論在日本神話中，還是在希臘神話中，神自古以來都做了許多恣意妄為的事情。譬如宙斯能夠與許多女性幽會，但如果現在日本的總理大臣這麼做，想必會因為不斷爆出桃色緋聞而每天焦頭爛額。換句話說，眾神隨心所欲地做著一些在人類世界被視為壞事、禁忌的事情，甚至互相殘殺。這些過去由眾神上演的戲碼，現在不得不由人類接手，因為人類奪取了神的寶座。從前存在著高高在上的神，人類只要敬拜眾神就能得過且過活下去，但人類逐漸變得了不起，開始做得到許多事情，可以飛上天空，也可以登陸月球。而人類就在做著連眾神也辦不到的事情時，最後也不得不把原本交由眾神執行的惡也接手過來了。這麼想很有趣吧？這就是我們生活的現代。伊底帕斯與少年卡夫卡的差別就在這裡。伊底帕斯在什麼都不知道的情況下認真過活，最後卻活出了悲慘的命運。少年卡夫卡從一開始就知道預言，而且甚至想要將其實現。他想著自己應該會殺死父親，並且總有一天會與母親交合。

在這個故事當中，少年卡夫卡的母親很早就與父親離婚，帶著女兒離家出走。少年就連母親的長相也記不清楚。對於姊姊的印象也很模糊，少年與姊姊以前一起在海邊拍攝的照片保留了下來，所以他知道自己有姊姊。當時母親似乎也在，但最後卻離開了。他當然對父親有恨，他想著總有一天要殺死父親，然後與母親及姊姊交合。而且他對母親同樣有恨，他不懂母親為什麼要拋棄自己。母親帶著姊姊離開，把自己丟下。這些也和伊底帕斯完全不同。少年卡夫卡在這樣的情況下背負著預言。最後少年真的殺死父親，與母親交合，也與姊姊交合。但是預言實現的方式並不尋常。這點也與伊底帕斯相反。伊底帕斯在實現預言時完全不知情，後來才發現自己殺死父親，與母親交合。但少年卡夫卡無論是殺死父親，還是與母親交合，都無法確定自己是在想像中實現，還是在實際上真的執行。一方是在沒有意識的情況下，在意識的世界實現預言。另一方則是雖然意識到自己的使命，卻在無意識中執行。兩者形成了巧妙的對比。

◉

這麼沉重的預言，光憑一名少年無法獨力實現，於是出現了有趣的配角。許多登場人物彷彿都被「物」的力量帶往高松，就像反向的宇宙大霹靂（big bang）。中田先生也是其中一人。換句話說，中田先生也懂「物」的流動之力。他是一名初老的男子，在少年時期經歷了神祕的體驗，從此之後就連字也認不得，只能靠著東京都政府的補助生活。

中田先生平常做著找貓的工作。某天他在尋找一隻貓時，遇見了一個戴著黑色絲質禮帽，身穿紅色西裝，腳踩長靴的男人。中田先生知道自己想找的貓，似乎就是被這個打扮得不可思議的男人捉走。後來中田先生去到這個男人家裡。而這個男人的名字，竟然叫做約翰走路（笑）。這個名字突然出現，相當有趣。約翰走路正在收集貓的靈魂。他將貓活活殺死，把靈魂拿走，打算用牠們的靈魂做一支出色的笛子。接著他在中田先生眼前，把中田先生認得的貓殺了。而且最重要的是，必須在貓有意識的時候將牠殺死，取出貓的心臟吃掉，再取走靈魂。約翰走路一邊在中田先生眼前殺貓，一邊對他說「中田先生看不下去吧？想要阻止的話，就殺了我」。中田先生再也忍受不了，最後他真的把約翰走路殺死。而他回過神來的時候，已經獨自一人待在草叢裡。

另一方面，人在高松的少年卡夫卡，也在不知不覺間失去意識，回過神來也獨自一人渾身是血站在公園裡。他讀了隔天的早報，發現同一時間，自己的父親也在東京中野區被殺了。這個時間恰巧就是中田先生殺死約翰走路的時間。這個部分非常巧妙，說不定約翰走路是少年卡夫卡的父親。但我們卻搞不清楚殺死父親的是少年卡夫卡，還是中田先生。

殺死父親，雖然是有意識的使命，但這個行為卻在想像的世界中執行，這點與伊底帕斯相反。如果把這部小說中的中田先生、約翰走路，與卡夫卡真正的父親，都當成具備某部分父親形象的人物，應該會很有趣。

中田先生知道自己必須去高松，也知道自己必須在那裡尋找什麼。但是他自己一個人無法購買車票，也無法搭車。這時出現了一位戴著中日龍帽子的星野青年，他是長途卡車的司機。他被中田先生吸引，雖然不知道中田先生為什麼要往西去，但依然願意載著他前往。這位星野青年獨自一人在高松的路上閒逛時，有個人叫住他。他覺得這個人似乎在哪裡見過，結果那個人自己報上名號「我是桑德斯上校」，就是站在炸雞店前面的那位老先生。他是與約翰走路相對的人物。桑德斯上校提供星野青年許多協助。我第一次讀的時候，讀不太懂這個部分。桑德斯上校與約翰走路要說有趣雖然有趣，但也過於突兀。但是第二次讀到約翰走路殺貓製作笛子的部分時，想到希臘神話中有一位名為荷米斯的神。荷米斯是典型的搗蛋鬼，他有一則殺死烏龜製作豎琴的故事。我想起自己以前曾在《日本人的傳說與心靈》中寫過這則故事。荷米斯殺死烏龜的方式非常殘忍。他看見烏龜靠近時，笑著說：

「『沒有比你更幸運的印記了。我能看見你，真開心啊。真是太棒了，你這個可愛的傢伙。你是驚喜的朋友，宴會的夥伴。可愛的玩具啊，山裡的居民啊，你能過來真是太好了。你在哪裡穿上這個閃耀的外殼呢。我將帶著你進屋，讓你為我效力。我不會看輕你的。你先為我效勞吧！在家裡比較好。因為在外面你只會遭遇災難。活著的時候，你或許是抵禦外力的盾，但死了之後，你就能化為美麗的歌聲。』他說完就把烏龜帶回家裡，切開烏龜的身體製成豎琴。」

這是一則希臘神話。荷米斯說出來的話很動聽，他並不是對烏龜說「雖然很抱歉，但還是要把你做成豎琴」，而是「你待在外面只會遭遇災難，進來家裡吧」。但是他明明打算殺死烏龜，而且殺烏龜的方式也很殘忍。關於這點，神話學者凱倫伊（Károly Kerényi）寫道：「荷米斯在這隻可憐的烏龜還活著的時候，就把牠看成出色的樂器了。然而對烏龜而言，成為出色的樂器，代表充滿痛苦的死亡。荷米斯完成這所有一切時，用的方式不是天真純樸，而是陰險無情吧！」這就是神。祂一看見烏龜，眼中就出現豎琴。為了製作豎琴而貫徹陰險的行動，是神的工作。所以約翰走路是接近神的存在。他一看見貓，就在貓的身上看到了笛子。

桑德斯上校也是接近神的存在。桑德斯上校是神的正面形象；約翰走路則是神的恐怖形象。而這兩者都誕生於西方，並稱霸全世界，在這個世界也都隨處可見。一邊代表的是高級洋酒；另一邊代表的則是炸雞。我們也可以說，約翰走路是人類往上方尋找所發現的神的形象；

桑德斯上校則是往下方尋找所發現的神的形象。現在從上方俯視我們的神殘忍而可怕，至於身分低微、親近土地的下等神，則擁有正面的形象。這麼一想，很有趣吧？無論是真正的父親，還是約翰走路、桑德斯上校、中田先生，全都擁有父親的形象。這個故事中有許多父親。所以如果以為只要殺死父親一次，那就太天真了，因為不管殺死幾次，父親都會以各種不同的裝扮出現。這或許是過去與現在的不同。過去只要殺死父親一次、殺死母親一次，就能結束試煉成為大人，但是現在卻沒有那麼單純。現在的父親與母親會留下更多樣的形象。現在的故事，已經不是打跑壞人那麼簡單。貓大致上經常以靈魂的形象出現。如果把殺貓解釋成扼殺通往靈魂的道路，或是殺死有能力將靈魂化為聲音充滿全世界的事物，就分不清楚這到底是壞事還是好事了。這本書的出色之處，就是無法輕易分辨善惡，我們只能清楚知道，書中的少年卡夫卡，就活在「物」之力的洪流當中。

◉

那麼，母親的形象又在哪裡呢？在故事中扮演母親角色的是佐伯小姐。她是高松某座私立圖書館的館長。在這座圖書館幫忙的大島先生好心收留少年卡夫卡，讓他住在圖書館裡。而佐伯小姐有一段時間行蹤成謎，少年卡夫卡依此推測佐伯小姐有可能就是他的母親。卡夫卡最後與佐伯小姐結合，但這到底是真正的結合，還是在想像世界中的結合呢？書中把這段情節寫得分不清是幻想還是現實。但總而言之，我認為這是相當接近現實的體驗。

至於姊姊的形象呢？故事裡出現一位名叫櫻花的角色，她就是像姊姊一樣的人。少年卡夫卡也體驗了與櫻花交合，但這次明顯是在夢裡。所以雖然不是發生在現實當中有意識的行為，但卡夫卡依然逐漸實現預言，對他來說，這樣的人生難以忍受。除此之外，警察也在找他，所以他借住的圖書館的大島先生，就帶他前往與哥哥共有的山中小屋。大島先生跟卡夫卡說起小屋前面的森林。他說雖然可以進到森林裡，但如果去到太深的地方，將會危及性命。卡夫卡剛開始進入森林的時候，會在森林裡做記號，好讓自己能夠回來，但是隨著他愈來愈難以承受自己沉重的命運，他開始覺得死了也無所謂，於是他不再做記號了，並往森林的深處走去。森林裡有兩名士兵，這兩名士兵可能在戰爭時因為進到森林裡而死去。卡夫卡在他們的帶領下，進入了生的世界與死的世界的中間地帶。這裡是不折不扣的邊界領域。在這之前，佐伯小姐把寫著自己回憶的稿子交給中田先生，這些回憶，她從來沒有跟任何人說起，她請中田先生把這些稿子全部燒掉，後來她就死了。中田先生完成了他被託付的工作後，也安安靜靜地死去。

這時，為了幫助少年卡夫卡完成邊界領域的體驗，需要有人負責開啟與關上邊界入口的門。但很少有人同時具備知道入口所在之處的智慧，以及執行這項工作的臂力。所以中田先生與星野青年就在這時分工合作。這個世界認可的知識，多半會妨礙這類深層智慧的取得，因此一直以來都與知識無緣的中田先生，正是最適合的人物。至於星野青年的絕世臂力如果稍微出現偏差，或許也會成為極具破壞性的暴力。

邊界領域的周圍，充滿了現代粗暴的權力（power）與性（sex）。佐伯小姐、中田先生、星野青年都以某種形式蒙受其害。但也可說是正因為如此，他們才能幫助卡夫卡完成邊界體驗。我想這項困難的工作，正是透過卡夫卡與佐伯小姐之間被純化、聚焦的性，以及星野青年的力量來完成。

所以這可說是一名少年在成長時，完成殺父弒母的成長故事，但如果換一種說法，也可以把這個故事解釋成，背負著驚人命運的少年卡夫卡，在中田先生的父親形象與佐伯小姐的母親形象的某種保護之下，得以正直地活下去，避免瘋狂與出錯，但中田先生與佐伯小姐必須死去，而他們最後也安靜地，真的很安靜地死了。當然，少年卡夫卡不知道這件事，他在森林裡徘徊，甚至進入了生與死的邊界。他在那裡遇見了已經邁向死亡的佐伯小姐。在那裡的佐伯小姐說「請你原諒我」，而少年卡夫卡則回答「我不知道自己有沒有資格原諒，但如果有的話，我原諒你」。於是佐伯小姐說「你不能待在這邊的世界，請你回到那邊的世界」。於是少年卡夫卡沒有死去，回到了這邊的世界。

故事雖然在少年卡夫卡回到這邊的世界時結束，但這裡就像前面所說的一樣，出現了頁面上有裝飾的，叫做烏鴉的少年的故事。故事中出現這名少年化身為烏鴉與約翰走路戰鬥的場面。約翰走路存在於生與死交界的中間狀態（limbo）。他在那裡對化為烏鴉的少年說「我只要吹響殺死貓而製成的笛子，就可以把你趕跑。」化為烏鴉的少年憤而挖出他的眼睛，拔下他的舌頭。

我認為這裡可以對應到伊底帕斯的故事。而村上先生寫道，化為烏鴉的少年不管殺死約翰走路幾次，他的笑聲都依然保留下來。這裡該如何解讀，是非常有趣的部分。我目前想到的解讀是，父親的形象與母親的形象，果然是無法「完全殺死」的事物。舉例來說，即使自己把父親或母親殺死，父親的形象或母親的形象，依然能夠轉變成各種型態持續存在下去。卡夫卡即使結束各種工作，變成所謂的大人，回到這邊的世界，但要說他已經克服或抹去了在某方面具備父親形象的事物，卻也不然。這是我的想法，但也無法肯定。村上先生在寫作的時候，似乎沒有構思大綱一類的東西。他好像只是順著物的洪流書寫。但他在網頁的訪談中提到，這名叫做烏鴉的少年與約翰走路對決的場景，是全部寫完之後才加上去的。所以關於這個部分，我想村上先生也經過了深入的思考。如果有機會見到他，我很想問問看他，加上這一段是基於什麼樣的考量。但我想就算問了，他應該也不會告訴我吧。

◉

這個故事以最單純的角度來看，可以想成十五歲少年的成年禮。換句話說，就是十五歲少年進入異界，再從異界回來的故事。這在長大成人的過程中，是非常重要的體驗，而青春期就是體驗異界的重要時期。但就如同最初所說的，我認為與其把這部小說視為以十五歲少年為主角的故事，還不如視為透過少年的視角所寫下的異界體驗，以及從異界回來的體驗，因為後者比前者要來得有意義。我認為這樣的體驗，也可說是全體日本人或是現代人的成年禮。現代人以為自己已經變得富足，憑著自己的意志可以做得到任何事情，但其實自己已經與物的洪流及命運分離。這樣的現代人為了再一次活在現代，必須體驗進入異界，再從異界生還的成年禮體驗。而這部小說描述的就是現代人各自的成年禮故事。從前的人只要經歷成年禮，就能從孩子變成大人，結束試煉。所以經歷一次成年禮，對人類而言是非常重要的事情，但是現在要成為大人沒有那麼簡單，就算殺死父親一次或是殺死母親一次，也不代表就能成為大人。除此之外，如何解釋沒有出現在伊底帕斯王神話中的姊姊，也是一個有趣的問題。姊姊不像父母高高在上，與自己屬於相同的位階。這部小說除了垂直的人際關係之外，也討論到水平的人際關係。現代人該如何解釋與姊姊之間也透過「性」來連結這件事呢？我們是不是可以想成，只有穿越難以避免的性與暴力，去到那邊的世界，才能再回到這裡呢？

我還有許多來不及提到的感想，所以請大家自己閱讀這本書。大家或許能夠獲得與我完全不同的看法。而我如果多讀幾次，應該也會有不同的感觸吧！

我還有一件重要的事情忘了提。回到這個世界的卡夫卡說「我接下來也必須活下去，可是我還不知道人活著的意義」，這時烏鴉回答他「那就看畫啊，還有聽風的聲音」。烏鴉的意思是，透過看畫及聽風的聲音，就能了解人生的意義。用我們的話來說，畫就是意象，換言之就是要重視意象。除此之外，聽風的聲音也很有趣。我們在沙遊治療（sandplay therapy）中總是看著意象，而這時候能夠聽見多少風的聲音，就成為非常重要的因素。我總覺得如果聽不見風的聲音，就稱不上是個好的沙遊治療師。那麼我的演講就到此結束。

（二〇〇二・九・十四　根據筆者在日本沙遊治療學會的講稿改寫）

〔解說〕

# 以「悲傷」連結的事物

岩宮惠子

大家知道《你的名字》這部由新海誠執導，在二〇一六年大獲好評的動畫電影嗎？這部電影透過影像與音樂的完美結合、背景與大自然絕美畫面，以及撼動人心的故事而獲得超高人氣。自從這部電影上映以來，每個見到的個案都對我說「我看了三次」、「超感動的」，或是「雖然劇情複雜，但還是很好看」等等，所以我也只好去看了。

這部電影的劇情有點類似「龍鳳逆轉」[1]，敘述的是男女在夢中交換身分的故事。這不禁讓人聯想到早已被遺忘的古代智慧，對於生活在現代的人而言，其實也有莫大的意義。電影的內容正可說是民間故事的世界與現代世界的結合。現代人無論置身於日本的哪個角落，都能透過手機連結、取得資訊，但真正重要的人卻因為與自己置身於不同的時空而無法相見。當人們遇到最尖端的文明利器也無法跨越的障礙時，只好從古代社會所重視的靈魂根本的力量尋求可能性……（我覺得）《你的名字》就是這樣一部作品。

當然，也有不少人覺得這部電影令人感動的部分不在於上述這些，而是在於兩人彼此錯過的淒美愛情。但是不少人都告訴我，他們看了很多次，尤其是正處於青春期的人。這樣的迴響讓我打從心底覺得，這部電影反映的是更加整體性的「與世界的關係性」。而自己所做的夢以及自古流傳的傳說等，在這個「世界」當中也是重要的部分。從大家的迴響可以看出，人們透過這部電影感受到自己活在這種與世界的關係性當中，而這樣的感受深深打動了人的內心。

民間故事中有許多殘忍的描寫，河合老師在本書中討論了其中把人「全部殺光」的部分。譬如在「小農夫」當中，小農夫的一句話就讓全村的人都淹死了。河合老師指出，我們可以把這個故事的主角解釋成「搗蛋鬼」。搗蛋鬼具有會說謊、惡作劇、鋌而走險、神出鬼沒、變幻自如等特徵，將帶給人意想不到的幸運或是嚴重的不幸。而且「如果拿格林童話與日本的民間故事進行比較，就能發現日本故事中的搗蛋鬼遠比格林童話更多」。對此，河合老師提出了把「大自然視為搗蛋鬼」的解釋：「搗蛋鬼的行徑帶給人的聯想，正好反映了『自然』本身的運作。」

這或許與日本是自然災害頻繁的國家有關吧？譬如三一一大地震的時候，帶來豐富海洋資源的大自然，突然之間化身為搗蛋鬼，帶來「淹死全村的人」的殘忍災厄。這麼一想，就讓人深刻感受到民間故事中發生的事情，真的與現代具有共通性。

話說回來，曾有某位學校的老師問我「為什麼孩子那麼喜歡殘忍的民間故事呢？」譬如師生座談的時候，只要把描寫殘忍內容的民間故事讀給孩子聽，就連原本完全無法專注的孩子，都能聽得專心。但另一方面，我也常聽到有人認為讓孩子聽內容殘忍的民間故事是有問題的做法，不知道會帶來什麼樣的後果。

河合老師利用具體的比喻闡述：「如果把民間故事解釋成發生在內心深層之處的真實故事，就會發現民間故事中描述的『殘忍』，就如同家常便飯般發生」。包含前面提到的「把大自然視為搗蛋鬼」在內，殘忍的命運與我們的日常生活可說是只有一線之隔。河合老師也指出「孩子聽到『殘忍』的故事時，可以知道這是發生在內心世界的事情，並且將其意義內化為自己的一部分，所以他們就不再需要做出殘忍的舉動。但是對於殘忍沒有任何免疫力的孩子，最後將成為殘忍的犧牲品」。

但無論再怎麼說明，或許那些把不安感強烈、民間故事中的殘忍視為問題的人都無法接受也不能理解。因為「愈是不安的大人，愈無法信賴孩子。很多『為了孩子好』而把殘忍的故事改寫成溫和形式的大人，都沒有發現他們之所以會這麼做，是為了減輕自己在面對內在真實時所產生的不安」。

而河合老師也指出「肯定民間故事中的殘忍，不代表肯定『殘忍』這件事情本身」，因為「想要清楚傳達內在的真實，只能透過人與人（中略）的直接對話。所以民間故事只有透過『口耳相傳』才能發揮最大的效果。如果說故事的人已經如同前述一般，明確知道殘忍性的意義，那麼不管他說的故事有多麼殘忍，都不會發生問題」。河合老師的意思應該是，孩子在與大人的關係中體驗到的殘忍故事，將成為深刻的智慧，但欠缺這種關係保護的孩子，在孤獨當中透過網路看到的殘忍圖片或影片，將成為落在心底的深刻陰影。「關係性」就是孩子的庇護。

河合老師也提出警告，如果在孩子建立內在現實的意象之前，大人就透過繪本或電視影像強行灌輸他們民間故事的意象，是一件危險的事。他認為電視有適合電視的題材，符合新時代的故事要多少就能創作多少，完全沒有必要將（以故事的形式傳達內在真實的）民間故事製成影像。不知道河合老師看到現在把浦島太郎、金太郎、桃太郎設定為感情很好的兒時玩伴，原本應該被他們擊退的惡鬼也被暱稱為「阿鬼」，與他們玩在一起的熱門電視廣告時，會有什麼樣的感想……

電影《你的名字》當中，彗星原本是帶給人們幸福的美麗天文奇觀，但後來卻偏離軌道，分離成兩塊，其中一塊碎片直接落在糸守這座受到大自然眷顧，擁有美麗湖泊的村莊。這是「化為搗蛋鬼的大自然」突如其來的惡作劇，將正在舉行祭典的村民，連人帶村一起「全部消滅」。糸守町遭受了千年一度的彗星衝擊。村子裡的美麗湖泊與自然，正是千年前落下的隕石的傑作。神社雖然保留了提醒村民留意彗星危險性的紀錄，卻因為紀錄中斷而導致村子再度遇害。神話與民間故事既不合理又沒有邏輯，但人們為何仍將這樣的故事長久流傳下去？……這部作品或許給了我們一個答案。

電影中有一幕是主角擔任神職的祖母告訴她：「土地神的古語叫做產靈（結）」。祖母接著說道「連接繩線的是『產靈／結』，連接人與人的是『產靈／結』，時間的流動也是『產靈／結』，這些全部都是神的力量」。祖母用別具深意的聲音告訴我們，「神」就是「關係」的體現，語言連結人與人，而透過語言連結的心意就是神。民間故事原本也應該透過這樣的方式流傳吧？也有孩子告訴我，他最喜歡的就是這一幕。我想老人彷彿在說著民間故事一般，具有說服力的聲音，正是生活在現代的孩子真正想要的事物（附帶一提，為祖母這個角色配音的，正是在電視節目「日本民間故事」中擔任旁白的市原悅子女士）。

接下來是我個人的經驗。我住在山陰地區（雖然沒有糸守那麼鄉下，但在精神上還是比都會更接近神話與民間故事），小時候每到年底，「注連繩叔叔」就會開著發財車把注連繩[2]送來我家。他會配合我家的狀況，準備神壇用、玄關用、流理臺用，甚至是車用與自行車用等各式各樣的注連繩。從那位叔叔手上收下新年用的注連繩，把費用包給他，彼此點頭互祝對方「有個好年」，成為我家年底理所當然的光景。今年十二月的時候，「注連繩叔叔」（年紀已經很大了）打電話來。他說自己因為生病的關係，沒辦法再編注連繩了，所以今年無法送注連繩過來，長久以來承蒙您們照顧。於是，我有生以來第一次在超市的特設專區購買注連繩。

我把注連繩買回家之後，像往年一樣全部放在神壇前面清點，這時候突然湧上彷彿失去什麼重要事物的感受。放在那裡的注連繩，和「注連繩叔叔」送來的注連繩幾乎是同樣的「東西」，但我卻覺得兩者之間有某種決定性的不同。這樣的感受勒緊我的胸口，讓我有好一陣子動彈不得。我也很驚訝自己竟會受到這麼嚴重的打擊。原來如此，「注連繩叔叔」雖然只會在每年年底與我見面幾分鐘，但他使用從自家田裡長出來的稻草編織繩子，親自送來我家，邊互祝過個好年邊把繩子交到我手上，所以注連繩才會成為重要的祭祀工具……。我在強烈的失落感當中，發現了這就是「結」。

我在讀這本《民間故事啟示錄》時，剛好深陷於「注連繩衝擊」當中，所以我的讀法就像是想從書裡找出能讓我的情緒平靜下來的內容，因此格外能夠透過河合老師的觀點，思考現代人脫離重要關係性的生存方式。河合老師是少見的說故事者，他能夠慎重地、仔細地、多層地連結民間故事與距離遙遠的現代。無論內容有多麼難懂，河合老師的每本書都保持一貫說故事的筆調。這次的經驗更讓我再次深刻感受到，這樣的筆調就是一種關係性（結）。

河合老師在《佛教與心理治療藝術》（中譯版由心靈工坊出版）中提到，在非個人的層次與他者深入連結時所產生的情感就是「悲傷」。而「結」的力量正是「悲傷」的證明。或許懷著這種「悲傷」的情緒，就能讓民間故事的世界與現代最新的問題產生連結。

（臨床心理學者．島根大學教育學部教授）

## 註釋

1 譯註：原書是平安時代完成的小說，後來改編成漫畫，而中文版的漫畫書名就是《龍鳳逆轉》。

2 譯註：使用乾燥稻草編成的麻花狀繩子，用來防止惡穢之物的入侵。

「故事與日本人的心」選輯

# 發刊詞

岩波現代文庫最早發行的河合隼雄選輯，是包含《榮格心理學入門》與《佛教與心理治療藝術》等等在內的「心理治療」系列。對於以心理治療為專業的河合隼雄來說，這樣的選擇應該是非常適合的。接下來的「孩子與幻想」系列，也考慮到河合隼雄最主要的工作與孩子有關，同時，「幻想」也是榮格心理學中重要的概念。然而在從事心理治療工作的基礎上，河合隼雄達到了自己思想的根本，而這根本的關鍵字就是「故事」。因此，該系列收錄了《日本人的傳說與心靈》和《神話與日本人的心》等主要著作。

在心理治療中，治療師傾聽患者所敘述的故事。但是河合隼雄之所以重視「故事」，其意義不止於此；因為河合隼雄在心理治療中最關心的，是存在於個人內在的 realization 之傾向。這裡刻意使用了 realization 這個英文字，是因為它同時具有「實現某種事物」與「知道、理解某種事物」雙方面的意義。而就像故事有其劇情，能在「理解的同時逐漸實現」的，就是「故事」，不是別的。正因為如此，故事非常重要。故事究竟是什麼？在河合隼雄人生的最後，

他和小川洋子對談的標題「生命就是創作自己的故事」（生きるとは、自分の物語を作ること），如實地呈現了這個問題。

故事在河合隼雄的人生中，具有重要的意義。首先，河合隼雄從小生長在豐富的大自然環境之中，但他很喜歡看書，特別是故事書。有趣的是，他喜歡閱讀故事，卻對所謂的文學感到格格不入。雖然小時候、年輕的時候，吸引他的都是西洋的故事，這套選輯卻如標題「物語與日本人的心」所示，主要探討的是日本的故事。戰爭的經驗，使他厭惡日本的故事與神話，但後來他之所以不得不面對它們，和他經由夢等等分析自身的經驗有關。在日本從事心理治療工作的經驗，迫使他認識到日本故事的重要性——對日本人的心來說，日本的故事就像來自遠古的歷史沉積。這樣的認識，促使他完成了許多關於日本故事的著作。

這套選輯中的《日本人的傳說與心靈【決定版】》，是透過民間故事分析日本人心靈的作品。在那之前，河合隼雄一直扮演的，是將西方的榮格心理學介紹給日本的角色。一九八二年他以這部作品，首次向世界提出自己獨創一格的心理學，不但得到大佛次郎獎，更可以說讓河合隼雄超越了心理學的領域，獲得了屹立不搖的名聲。和這本書比肩的是《神話與日本人的心》。這部作品的原型是他一九六五年取得榮格派分析家資格時，以英文撰寫的論文；經過將近四十年的醞釀發酵，再加上「中空結構論」與「蛭子神論」[1]，於二〇〇三年，七十五歲的時候執筆而成。以某種意義來說，這是他集大成的作品。

關注故事的過程中，河合隼雄注意到中世，特別是中世的物語文學，對日本人心靈的重要性，於是他開始致力在這方面。《源氏物語與日本人》以及探討《宇津保物語》、《落窪物語》等中世物語文學的《活在故事裡：現在就是過去，過去就是現在》（《物語を生きる：今は昔、昔は今》），就出自這樣的脈絡。

相對地，《民間故事啟示錄》（《昔話と現代》）與《神話心理學》則把焦點放在故事的現代性。收錄在「心理治療」系列中的《生與死的接點》，因為篇幅的關係，將第二部分的〈民間故事與現代〉獨立出來，再加上探討「片子」[2]的故事（河合隼雄認為它承繼了姪子神的傳說）的一章做為壓卷，就構成了《民間故事啟示錄》一書。《神話心理學》原本連載於雜誌《思考者》（《考える人》），如原先的標題「眾神的處方箋」所示，聚焦在人類心靈的理解，以之解讀各式各樣的神話。

這個選輯，幾乎網羅了河合隼雄關於故事的大部分作品。未能收錄在這個系列的重要作品，大概還有《換身男與女》（《とりかへばや、男と女》，新潮選書）、《解讀日本人的心：走入夢、神話、故事的深層》（《日本人の心を解く：夢・神話・物語の深層へ》，岩波現代全書）、《故事的智慧》（《おはなしの智慧》，朝日新聞出版）等等，還希望讀者能夠互相參照閱讀。

藉著這個出版的機會，我要向同意出讓版權的小學館、講談社、大和書房，以及當時負責這幾本書的猪俣久子女士、古屋信吾先生致謝。還有在百忙之中慨允為各書撰寫解說的各位、擔任企劃、校閱的岩波書店的中西澤子女士，以及前總編輯佐藤司先生，致上深厚的謝意。

（林暉鈞譯）

二〇一六年四月吉日

河合俊雄

## 註釋

1 譯註：根據《古事記》記載，「蛭子神」（ヒルコ）是創造日本的神祇伊邪那岐、伊邪那美之間所生的第一個孩子。因為身體畸形殘缺，被放在蘆葦編成的船上，丟棄到海上漂流。

2 譯註：「片子」是日本各地自古相傳的民間故事中，鬼與人類之間生下來的、半人半鬼的孩子。片子從鬼島回到日本後，生活困難，在大多數故事的結局中，最後自殺了。

〔附錄〕

# 延伸閱讀

- 《源氏物語與日本人：女性覺醒的故事》（2018），河合隼雄，心靈工坊。
- 《神話心理學：來自眾神的處方箋》（2018），河合隼雄，心靈工坊。
- 《童話中的女性：從榮格觀點探索童話世界》（2018），瑪麗-路薏絲·馮·法蘭茲（Marie-Louise von Franz），心靈工坊。
- 《童話中的陰影與邪惡：從榮格觀點探索童話世界》（2018），瑪麗-路薏絲·馮·法蘭茲（Marie-Louise von Franz），心靈工坊。
- 《公主變成貓：從榮格觀點探索童話世界》（2018），瑪麗-路薏絲·馮·法蘭茲（Marie-Louise von Franz），心靈工坊。
- 《與狼同奔的女人【25週年紀念增訂版】》（2017），克萊麗莎·平 拉·埃思戴絲（Clarissa Pinkola Estés），心靈工坊。
- 《公主走進黑森林：榮格取向的童話分析》（2017），呂旭亞，心靈工坊。

- 《解讀童話：從榮格觀點探索童話世界》（2016），瑪麗-路薏絲・馮・法蘭茲（Marie-Louise von Franz），心靈工坊。
- 《孩子與惡：看見孩子使壞背後的訊息》（2016），河合隼雄，心靈工坊。
- 《故事裡的不可思議：體驗兒童文學的神奇魔力》（2016），河合隼雄，心靈工坊。
- 《轉大人的辛苦：陪伴孩子走過成長的試煉》（2016），河合隼雄，心靈工坊。
- 《當村上春樹遇見榮格：從《1Q84》的夢物語談起》（2014），河合俊雄，心靈工坊。
- 《高山寺的夢僧：明惠法師的夢境探索之旅》（2013），河合隼雄，心靈工坊。
- 《榮格心理治療》（2011），瑪麗-路薏絲・馮・法蘭茲（Marie-Louise von Franz），心靈工坊。
- 《榮格解夢書：夢的理論與解析》（2006），詹姆斯・霍爾博士（James A. Hall, M.D.），心靈工坊。
- 《日本人的傳說與心靈》（2004），河合隼雄，心靈工坊。
- 《妖怪地圖：世界各地的神祕生物：雪怪、狗靈、年獸、鳥身女妖等等》（2018），珊卓拉・勞倫絲（Sandra Lawrence），大家出版。
- 《神話的力量》（2015），喬瑟夫・坎伯（Joseph Campbell），立緒。
- 《日本昔話詞彙之研究》（2014），林立萍，國立臺灣大學出版中心。

- 《質樸傻趣：尋找臺灣民間故事箇中滋味【臺灣民間故事研討會論文集】》（2013），孫藝玨，萬卷樓。
- 《類型研究視野下的中彰民間故事》（2013），劉淑爾，秀威資訊。
- 《漢聲中國童話》（2012），漢聲雜誌社，英文漢聲。
- 《中國民間故事史：清代篇》（2012），祁連休，秀威資訊。
- 《中國民間故事史：明代篇》（2011），祁連休，秀威資訊。
- 《中國民間故事史：宋元篇》（2011），祁連休，秀威資訊。
- 《中國民間故事史：先秦至隋唐五代篇》（2011），祁連休，秀威資訊。
- 《民間文學的理論與實際(平裝)》（2010），胡萬川，里仁書局。
- 《澎湖民間故事研究》（2007），姜佩君，里仁書局。

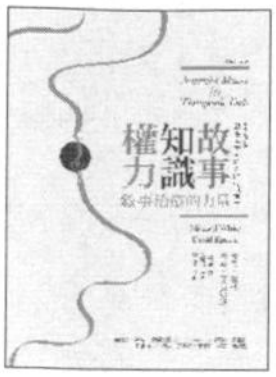


## 故事・知識・權力【敘事治療的力量】（全新修訂版）

**作者：麥克．懷特、大衛．艾普斯頓　審閱：吳熙琄　譯者：廖世德　校訂：曾立芳　定價：360元**

一九八〇年代，兩位年輕家族治療師懷特與艾普斯頓，嘗試以嶄新思維和手法，克服傳統心理治療的僵化侷限，整理出這名為「敘事治療」的新療法的理論基礎與實作經驗，寫出本書。

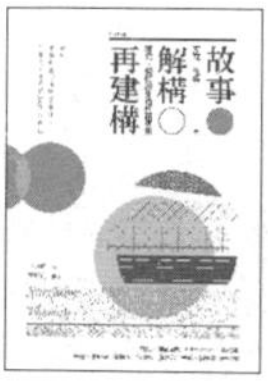


## 故事・解構・再建構

【麥克．懷特敘事治療精選集】

**作者：麥克．懷特　譯者：徐曉珮　審閱：吳熙琄　定價：450元**

敘事治療最重要的奠基者，麥克・懷特過世後，長年的工作夥伴雪莉・懷特邀請世界各地的敘事治療師推薦心目中懷特最具啟發性的文章，悉心挑選、編輯，集結成本書。

## 敘事治療三幕劇

【結合實務、訓練與研究】

**作者：吉姆．度法、蘿拉．蓓蕊思　譯者：黃素菲　定價：450 元**

本書起始為加拿大社會工作者度法與蓓蕊思的研究計畫，他們深受敘事治療大師麥克・懷特啟發，延續其敘事治療理念，並融合後現代思潮，提出許多大膽而創新的觀點。

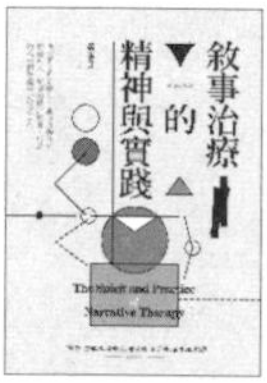


## 敘事治療的精神與實踐

**作者：黃素菲　定價：560 元**

本書作者黃素菲教授以15年來深耕敘事心理學研究、教學及實務的經驗，爬梳敘事治療大師們的核心思想，並輔以圖表對照、華人案例及東方佛道思想，說明敘事治療的核心世界觀，讓奠基於西方後現代哲學的敘事理論讀來舉重若輕。

## 醞釀中的變革

【社會建構的邀請與實踐】

**作者：肯尼斯．格根　譯者：許婧　定價：450元**

作者站在後現代文化的立場，逐一解構現代文化的核心信念，正反映當代社會的劇烈變革，以及社會科學研究方法論的重大轉向。這本書為我們引進心理學的後現代視野，邀請我們創造一個前景更為光明的世界。

## 翻轉與重建

【心理治療與社會建構】

**作者：席拉．邁可納米、肯尼斯．格根**
**譯者：宋文里　定價：580 元**

對「社會建構」的反思，使心理治療既有的概念疆域得以不斷消解、重建。本書收錄多篇挑戰傳統知識框架之作，一同看見語言體系如何引導和限制現實、思索文化中的故事如何影響人們對生活的解釋。

## 關係的存有

【超越自我・超越社群】

**作者：肯尼斯．格根**
**譯者：宋文里　定價：800 元**

主流觀念認為，主體是自我指向的行動智者，但本書對這個啟蒙時代以降的個人主義傳統提出異議，認為我們必須超越將「個體人」視為知識起點的理論傳統，重新認識「關係」的優先性：從本質上來說，關係才是知識建構的場所。

## 開放對話・期待對話

【尊重他者當下的他異性】

**作者：亞科．賽科羅、湯姆．艾瑞克．昂吉爾　譯者：宋文里　定價：400 元**

來自心理學與社會科學領域的兩位芬蘭學者，分別以他們人際工作中長期累積經驗，探討對話的各種可能性及貫徹對話作法的不同方式。這讓本書展開了一個對話精神的世界，邀請我們虔心等候、接待當下在場的他者。

心靈工坊 |PsyGarden|

對於人類心理現象的描述與詮釋
有著源遠流長的古典主張，有著素簡華麗的現代議題
構築一座探究心靈活動的殿堂
我們在文字與閱讀中，尋找那奠基的源頭

## 重讀佛洛伊德

**作者：佛洛伊德　選文、翻譯、評註：宋文里　定價：420 元**

本書選文呈現《佛洛伊德全集》本身「未完成式」的反覆思想鍛鍊過程。本書的精選翻譯不僅帶給我們閱讀佛洛伊德文本的全新經驗，透過宋文里教授的評註與提示，更帶出「未完成式」中可能的「未思」之義，啟發我們思索當代可以如何回應佛洛伊德思想所拋出的重大問題。的醫療難題。

## 生命轉化的技藝學

**作者—余德慧　定價—450 元**

本書由余德慧教授在慈濟大學宗教與人文研究所開設之「宗教與自我轉化」的課程紀錄整理而成。藉由《流浪者之歌》、《生命告別之旅》、《凝視太陽》等不同語境文本的閱讀，余教授帶領讀者深入探討改變的機轉如何可能，並反思、觀照我們一己生命脈絡中的種種轉化機緣。

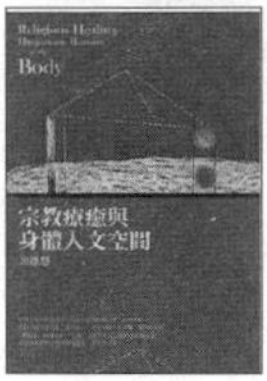


## 宗教療癒與身體人文空間

**作者：余德慧　定價：480元**

本書探討並分析不同的修行實踐，包括靜坐、覺照、舞動、夢瑜伽等種種宗教修行的法門，而以最靠近身體的精神層面「身體的人文空間」的觀點去研究各種修行之道的「操作平台」。這本書是余德慧教授畢生對於宗教療癒的體會及思索，呈現其獨特的後現代視域修行觀。

## 宗教療癒與生命超越經驗

**作者：余德慧　定價：360元**

余德慧教授對於「療癒」的思索，從早期的詮釋現象心理學，到後來的身體轉向，研究思路幾經轉折，最終是通過法國後現代哲學家德勒茲「純粹內在性」的思想洗禮，發展出獨特的宗教療癒論述。其宗教療癒與生命超越路線，解除教門的教義視野，穿越不同認識論界線，以無目的之目的，激發讀者在解疆域後的遊牧活動，尋找自身的修行療癒之道。

心靈工坊 PsyGarden
Master 062

# 民間故事啟示錄：解讀現代人的心理課題

## 昔話と現代

作者：河合隼雄　編者：河合俊雄
譯者：林詠純

出版者—心靈工坊文化事業股份有限公司
發行人—王浩威　總編輯—王桂花
特約編輯—陳慧淑　責任編輯—黃心宜　內頁排版—李宜芝
通訊地址—10684台北市大安區信義路四段53巷8號2樓
郵政劃撥—19546215　戶名—心靈工坊文化事業股份有限公司
電話—02）2702-9186　傳真—02）2702-9286
Email—service@psygarden.com.tw　網址—www.psygarden.com.tw

製版・印刷—中茂製版印刷股份有限公司
總經銷—大和書報圖書股份有限公司
電話—02）8990-2588　傳真—02）2990-1658
通訊地址—248新北市五股工業區五工五路二號
初版一刷—2018年12月　ISBN—978-986-357-138-4　定價—360元



國家圖書館出版品預行編目資料

民間故事啟示錄：解讀現代人的心理課題 / 河合隼雄著；林詠純譯. -- 初版. -- 臺北市：心靈工坊文化, 2018.12
面；　公分. -- (Master ; 62)
譯自：昔話と現代

ISBN 978-986-357-138-4(平裝)

1.日本文學　2.文學評論

861.2　107021457

心靈工坊 PsyGarden 書香家族 讀友卡

感謝您購買心靈工坊的叢書，為了加強對您的服務，請您詳填本卡，
直接投入郵筒（免貼郵票）或傳眞，我們會珍視您的意見，
並提供您最新的活動訊息，共同以書會友，追求身心靈的創意與成長。

書系編號－MA062　　書名－民間故事啟示錄：解讀現代人的心理課題

姓名　　是否已加入書香家族？ □是 □現在加入

電話（公司）　（住家）　手機

E-mail　生日　年　月　日

地址 □□□

服務機構／就讀學校　職稱

您的性別—□1.女 □2.男 □3.其他

婚姻狀況—□1.未婚 □2.已婚 □3.離婚 □4.不婚 □5.同志 □6.喪偶 □7.分居

請問您如何得知這本書？

□1.書店 □2.報章雜誌 □3.廣播電視 □4.親友推介 □5.心靈工坊書訊
□6.廣告DM □7.心靈工坊網站 □8.其他網路媒體 □9.其他

您購買本書的方式？

□1.書店 □2.劃撥郵購 □3.團體訂購 □4.網路訂購 □5.其他

您對本書的意見？

| | | | | |
|---|---|---|---|---|
| 封面設計 | □ 1.須再改進 | □ 2.尚可 | □ 3.滿意 | □ 4.非常滿意 |
| 版面編排 | □ 1.須再改進 | □ 2.尚可 | □ 3.滿意 | □ 4.非常滿意 |
| 內容 | □ 1.須再改進 | □ 2.尚可 | □ 3.滿意 | □ 4.非常滿意 |
| 文筆／翻譯 | □ 1.須再改進 | □ 2.尚可 | □ 3.滿意 | □ 4.非常滿意 |
| 價格 | □ 1.須再改進 | □ 2.尚可 | □ 3.滿意 | □ 4.非常滿意 |

您對我們有何建議？

□ 本人＿＿＿＿＿（請簽名）同意提供真實姓名/E-mail/地址/電話/年齡/等資料，以作為心靈工坊聯絡/寄貨/加入會員/行銷/會員折扣/等用途，詳細內容請參閱：
http://shop.psygarden.com.tw/member_register.asp。

廣　告　回　信
台北郵局登記證
台北廣字第1143號
免　貼　郵　票

心靈工坊 PsyGarden

台北市106 信義路四段53巷8號2樓

讀者服務組　收

免　貼　郵　票

（對折線）

## 加入心靈工坊書香家族會員
## 共享知識的盛宴，成長的喜悅

請寄回這張回函卡（免貼郵票），
您就成爲心靈工坊的書香家族會員，您將可以——

⊙隨時收到新書出版和活動訊息

⊙獲得各項回饋和優惠方案